2
八目 迷
illust. くっか
ミモザの告白

CONTENTS

DESIGN
TANIGOME KABUTO
(musicagographics)

そして舞台の幕が上がり、
ジュリエットがその姿を現した。
観客の視線が舞台に集まり、
はっと誰かが息を呑む。
そこにいるのは、まぎれもなく、
一人のジュリエットだった。

目を逸らして
考えることもやめれば、
この尊い時間がずっと続くのだろうか。
だとしたら、現実と向き合うことに、
どれほどの意味があるっていうんだろう。

Character

紙《かみ》木《き》咲《さく》馬《ま》
主人公。
高二。
友達が少ない。

槻《つき》ノ《の》木《き》汐《うしお》
咲馬の幼馴染。
女の子として
生きている。

星《ほし》原《はら》夏《なつ》希《き》
元気な少女。
クラスの
愛されキャラ。

西園《にしぞの》アリサ
舌鋒鋭い
クラスの
「元」女王様。

真島《ましま》 凛《りん》
マイペースな少女。
ソフトボール部所属。

椎名《しいな》冬花《とうか》
しっかり者。
吹奏楽部所属。

轟《とどろき》 寧音《しずね》
咲馬のクラスメイト。
映画好き。

世良《せら》 慈《いつく》
東京からの転校生。

第三章　クマノミの唄

息苦しい熱気が肺を灼《や》く。

雲一つない晴天のもと、国道沿いを自転車で進んでいた。家を出てから一〇分ほどしか経《た》っていないが、すでに背中が汗ばんでいる。前髪は額《ひたい》に張り付き、手汗でハンドルがすべる。耳をつんざくセミの声も、不快指数を高める要因になっていた。

「あっつ……」

夏休み真っ只中の八月五日。

ここ最近、ずっと冷房を効かせた自分の部屋に閉じこもっていた。だから暑さに対する耐性を失っているのかもしれない。けど、それにしたって暑かった。午後三時の太陽は、暴力的なまでにギラついている。道路に目をやれば、赤信号を待つ車の表面に陽炎《かげろう》が見えた。まるでそこだけ空気が熱されて、どろどろになったみたいだった。

駅前を少し通り過ぎたところで、図書館に着く。駐輪場に自転車を停《と》め、カゴからショルダーバッグを取り出す。バッグの中には、返却期限が迫った本が入っている。ずっしり重くて、右肩に肩紐《かたひも》が食い込んだ。

図書館に入る。はぁあ、と声が出そうになるほど涼しくて心地よい。カウンターで本の返却処理をしてもらい、その後は汗が乾くまで館内に留《とど》まることにした。

書架《しょか》に挟まれた通路を進む。文芸コーナーに入ると、好きな作家の新作小説に目が止まった。いつか買おうと思っていた本だ。

——これ、もう図書館に並んでたんだ。

借りようか悩む。ハードカバーの本は、新品で手に入れようとしたら結構お金がかかる。小遣い制の俺にとってはなかなか痛い出費だ。しかし好きな作家の本は、できるだけ新品で手元に置きたい気持ちがある。

どうしよう。

「紙木《かみき》くん？」

「ぬぁっ」

心臓が跳《は》ねた。びっくりして一瞬だけ両足が床から浮いた——ような気がした。

即座に振り返る。

ちょうど目線の高さに頭のてっぺんがある。視線を下げると、つぶらな瞳《ひとみ》と目が合った。まだ幼さを残すその顔つきには、少しだけ戸惑いが浮かんでいる。

背後に立っていたのは、星原夏希《ほしはらなつき》だった。

「ご、ごめんね。驚かせちゃった？」

「あ、いや、全然、平気」

つい片言になる。うゔんと咳払《せきばら》いして、俺は言葉を続ける。

「えっと、星原《ほしはら》はここへ何しに？」

「何って、そりゃあ本を借りにだよ」

星原は苦笑する。そりゃそうだ。何を言ってるんだ、俺は。

星原と顔を合わせるのは終業式の日以来だ。およそ二週間ぶりの再会に、かなり緊張していた。動揺を悟られたくなくて、俺はできるだけ平静を装う。

「にしても、奇遇だな。星原はよく来るのか？」

「うーん、どうだろ。三か月に一回くらいかなぁ」

「そっか。俺は大体、月一で来てるかも」

「へー、結構来てるんだ」

「まぁな。本って、わりとお金かかるし」

「あー、たしかにね」

「うん」

一拍、沈黙を挟む。

「……えっと、星原はどんな本を借りに来たんだ？」

「あ、そうそう。前に紙木《かみき》くんから教えてもらったやつ、借りようと思って」

「お、いいね。どれも本当におすすめだから、ぜひ読んでくれよ」

「うん。楽しみにしてる」

「ああ。……そういや、星原は夏休みどっか行った？」

「いや、大体家にいたかなぁ。今のとこ、友達と服とか買いに行くくらいで……」

「あー、そっか」

「もっといろいろ行きたいなー、とは思ってるんだけど……」

「まぁ……暑いしな」

「うん……」

「……」

　虚無みたいな会話だった。

　いやいやもっと何かあるだろ、と自分に突っ込む。話を広げるのが下手《へた》すぎて自分でもびっくりした。言葉を探るみたいに、俺は頬《ほほ》の内側を舌でなぞる。それでもなかなか次の言葉が続かず、会話は完全に途絶える。

　星原は毛先をいじりながら、落ち着かない様子で視線をさまよわせる。せっかく話しかけてくれたのに気まずくさせてしまった。焦燥と軽い自己嫌悪に苛《さいな》まれながら、俺は頑張って頭を回転させる。

　けど、脳裏に浮かぶのは、夏休み前日に起きた『あの出来事』のことばかりだった。

気まずい空気に耐えかねたように星原《ほしはら》が口を開く。

「じゃあ、このへんで……。図書館で立ち話するの、あんまりよくないだろうし」

「……そうだな」

がっくりと肩を落としそうになる。しかし無理に引き止めても悪い。これ以上、気まずくなる前に引き下がろう。

「じゃあ、また」

「うん、またね」

別れの言葉を交わすと、星原はその場を去った。

何か、大きなチャンスを棒に振ってしまったような気がする。もっと粘ったほうがよかったかも、と後悔してきた。だが星原を留《とど》まらせる話題も理由も見つからない。

仕方ない、諦《あきら》めよう。アドレスを交換しているのだから、その気になればいつでも連絡が取れる。それに、図書館に長居するわけにもいかなかった。

無力感を埋めたくて、借りようか悩んでいた新作小説を手に取った。これをせめてもの収穫としよう。

カウンターへ向かおうとしたら、「紙木《かみき》くん」と再び名前を呼ばれた。

俺は踵《かかと》を軸に、くるっと振り返る。星原は、ちょっと固い面持《おもも》ちをしていた。一瞬膨らんだ期待が、緊張感に変わる。あまり楽しい話ではなさそうだった。一体どうしたんだろう。

「な、なんだ?」

返事をするなり、星原は「えーと」と言葉を濁す。やはり言いづらいことらしい。俺は固唾《かたず》を呑《の》んで次の言葉を待った。

星原はたっぷりと間をとってから、

「ごめん、やっぱなんでもない」

えへへ、と笑いながら言った。

「そ、そうか」

ちょっと困ったような可愛《かわい》らしい笑顔に、気が抜ける。思わせぶりな態度にしこりは残るが、無理に問いただそうとは思わなかった。

じゃあね、と星原は短く言って、身を隠すように書架《しょか》の向こうへ行く。

俺も今度こそカウンターへ向かう。貸し出しの手続きをしてから、図書館を出た。外の熱気に、一度は閉じた汗腺《かんせん》が開いていく。

駐輪場で自転車に跨《また》がり、家へと漕《こ》ぎだした。

冷静に考えてみれば、星原が言いたかったことは予想がついた。

たぶん、汐《うしお》の話だ。

夏休み前日。屋上前で起きた出来事に、星原も頭を悩ませているのだと思う。俺は、できるだけ考えないようにしていた。けど、ずっと目を逸《そ》らしているわけにもいかないのだろう。

ペダルを踏み込みながら、俺は記憶の蓋《ふた》を静かにずらした。

＊

夏休み前日。

椿岡《つばきおか》高校の屋上前で、俺は汐《うしお》にキスされた。

初めてキスというものを体験して思ったのは、顔がすごく近いな、ということ。唇《くちびる》と唇を合わせるのだから当然なのだが、想像しているよりもずっとずっと近くて、俺はまずその事実に驚いた。

人の顔は情報量が多い。美醜、年齢、健康状態から感情の機微まで、顔にはその人の持つものが色濃く表れる。おまけに顔は感覚器官の集合地帯でもあって、あらゆる情報の受け皿にもなる。つまりキスをすると、一度に大量の情報交換が行われる。ファーストキスで、おまけに相手が汐だった俺は、一瞬で脳の処理能力がパンクした。

唇の柔らかさ、間近に迫る顔、鼻先に触れる髪、息遣い、わずかな汗の匂《にお》い……情報はとめどなく頭に流れ込んできた。唇を合わせていた時間はほんの一瞬のようにも感じたし、一〇秒くらいにも思えた。

顔を離したのは汐のほうからだった。すっ、と距離を置き、その直後、ハッと目を見開いた。

「ごめっ、咲馬《さくま》、今のは、ちがくて……」

まるでとんでもない過《あやま》ちを犯してしまったかのように、汐は震える声で弁解した。俺はまだ混乱していて、とても冷静に返事をできる状態ではなかった。

そこに、星原《ほしはら》が現れた。

狙《ねら》いすましたかのような、最悪なタイミングで。

「下にいなかったから、捜しにきて……えと、今二人……き、キス、して……え？」

星原も完全に混乱していた。

無理もない。星原にとって汐は好意を寄せている人物で、俺は恋愛の相談相手だ。その二人がキスをしていたら、誰だってパニクる。

それから体感的に一分くらい、膠着《こうちゃく》状態が続いた。

最初に沈黙を破ったのは、星原だ。顔に緊張感を残しながらも、何かを納得したように、ポン、と自分の手のひらに拳《こぶし》を落とす。

「なるほどね！　二人は、つまりその……そういう関係だったんだ？」

そういう関係がどういう関係を示すのかは、嫌《いや》でも想像がついた。

俺よりも速く、汐が動く。

「ちっ、違うよ夏希《なつき》！　これは、違う。今のは、その……ただの、事故だよ」

「じ、事故か～！　事故なら、まぁ、そういうこともある……よ、ね」

一ミリも腑《ふ》に落ちていないのは容易に察せられた。

——どうする!?

今の状況に理解が追いついた途端、すさまじい焦燥感に襲われた。背中に汗が流れ、動悸《どうき》が激しくなる。早急に誤解を解かねばと、頭をフル回転させた。

おそらく星原《ほしはら》は、俺と汐《うしお》が付き合っていると勘違いしている。だからそれを否定しなければならない。「汐とはなんでもない」と必死に訴えれば、星原は納得してくれるだろうか。しかしあんまり強く否定するのは、失恋した直後の汐に追い打ちをかけるようで気が引けた。なら、この場で思い切って星原に好きだと言ってみるか？　俺が付き合いたいのは汐じゃなくて星原なんだ、ということを伝えたら——混乱に拍車をかけるだけだ。何を考えているんだ俺は。バカか。だったら、他には……。

「あ、えっと、ごめん。私、先に帰るね！　じゃあ！」

考えているうちに、突然星原が別れの挨拶《あいさつ》を切り出した。返事も待たずに帰ろうとする。

俺の頭の中で警鐘が鳴った。

誤解させたまま夏休みに入るのだけは、絶対に避けたい。でないと俺は夏休みを悶々《もんもん》として過ごす羽目になる。

「ま、待ってくれ星原！」

俺は慌てて階段を駆け下りた。だが急いだせいで最後の一段を踏み外し、踊り場にすっ転ぶ。受け身が間に合わず、したたかに身体《からだ》前面を打った。

「さ、咲馬《さくま》!?」

汐が階段を下りてくる。

「いってぇ……」

痛みに悶絶《もんぜつ》しながら顔を上げる。階段途中にいる星原が心配そうに俺を見ていた。足を止めている。チャンスだ。俺はそのままの姿勢で、できるだけ愛想のいい笑《え》みを浮かべて、

「三人で、帰るよな?」

と言った。少々圧の強い言い方になってしまった。

俺の気迫に押されてくれたのか、星原は引き気味で了承した。

「う、うん。分かった……」

踊り場にやってきた汐の手を借りて、俺はなんとか立ち上がる。制服の埃《ほこり》を落として、そのまま三人で学校を後にした。

帰り道のことは、記憶に薄い。

いつものように自転車を押して歩きながら、三人でいろいろ喋《しゃべ》ったことは覚えている。ただ、その内容をほとんど忘れてしまっていた。すでに二週間も前のことだから——という以上に、会話に中身がなかったせいだろう。ただ沈黙を埋めるためだけに、俺たちは口を動かしていた。

それでも、別れ際で交わしたやり取りだけは、鮮明に思い出せる。

星原《ほしはら》との分かれ道に行き着いた俺たちは、そこで足を止めた。星原だけが少し前に進んで、俺と汐《うしお》に身体《からだ》を向ける。

「じゃあ……ばいばい」

「夏希《なつき》」

自転車に跨《また》がろうとした星原を、汐が呼び止めた。

俺は目だけで隣を見やる。汐からは張り詰めそうなほどの真剣味を感じた。こめかみに汗の粒が浮かび、ハンドルを握る手は小刻みに震えている。

「咲馬《さくま》が好きなのは……男じゃない。ちゃんとした女の子だよ。だからぼくと咲馬は、夏希が想像しているような関係じゃない」

それは誤解を解くための言葉であると同時に、汐が自身の未練を断ち切ろうとしているように聞こえた。

汐の言葉を受けて、星原は悲しげに眉《まゆ》を寄せた。

「……大丈夫。そんなに心配しなくても、分かってるよ。分かってる、けど、今はうまく考えられなくて……だから、その」

口を震わせながら、星原は言葉を紡ごうとする。だがどれだけ待っても、声にならない吐息が漏《も》れるだけだった。やがて諦《あきら》めたように唇《くちびる》を結び、俯《うつむ》いてしまう。

「星原……」

声をかけると、星原はバッと顔を上げて「ああもう！」と叫んだ。ここら一帯に響き渡るような大声で、俺と汐は肩をビクッとさせる。

「こういう空気ほんっとにダメ！　せっかく明日から夏休みなんだから、もっと明るく行こうよ！　ね！」

おそらく空元気《から》だが、星原の気遣いを無駄にするわけにはいかなかった。

「だ、だな。星原の言うとおりだ。思い詰めても仕方ないし、今は夏休みの過ごし方とかそういうこと考えようぜ」

「……そうだね」

汐は力なく頷《うなず》く。

「じゃあ二人とも、またね！」

今度こそ星原は自転車に跨がり、颯爽《さっそう》と自分の家路につく。

星原の背中が見えなくなった途端、俺は身体から力が抜けていくのを感じた。なんとか前向きな形で別れを告げることができたが、とても誤解が解けたとは思えない。

「ごめん」

ポツリと、汐が泣きそうな声で言った。俯いて表情は見えない。けど、悲愴《ひそう》感や罪悪感みたいなものは、痛いくらいに伝わってきた。

「いいよ。気にすんな」

「ダメだよ」

即座に否定すると、汐《うしお》は頭を抱《かか》えるようにしてしゃがみ込んだ。支えを失った自転車は横に倒れ、タイヤが弱々しく空転する。

「あんなの、あり得ない」

腕の隙間《すきま》から漏《も》れた悲痛な声に、胸が締め付けられた。

「完全に、どうかしてた。本当に取り返しがつかない……もう、自分が嫌《いや》になる……」

「やめてくれ」

たまらなく辛《つら》い気持ちになった。汐の口からそんな言葉は聞きたくなかった。そしてそんな言葉を言わせてしまった自分が情けなくなった。

俺は自転車のスタンドを下ろし、汐の前にしゃがみ込む。

「そんな悲しいこと言うなよ。俺は全然、気にしてないから。……や、まったく気にしてないって言ったら、それも嘘《うそ》になるけど……じゃなくて、えっと……」

なんて励ませばいいのか分からなかった。人一倍本を読んでいるはずなのに、まるで言葉が足りない。それでも、目の前の汐を放っておくことだけはできなかった。

「俺は……」

とりあえず主語を用意したものの、先の言葉は見つからない。

何を言うべきなのか。何が正解なのか。そもそも正解はあるのか。思考が迷走する。

汐は、ゆっくりと顔を上げた。潤んだ目が俺を見つめる。暗い穴の底から空を見上げるような目。そこに手を差し伸べてやりたくて、俺はなんとか言葉を絞り出す。

「俺は……汐のこと、ちゃんと分かりたい」

唾液《だえき》を飲んで続ける。

「無理して話さなくてもいい。言いづらいことは、察するから。俺じゃ頼りないかもしんないけど……あんまり、落ち込まないでくれ」

汐は下唇《くちびる》を噛《か》んで、再び顔を伏せた。ダメだったか——と思ったら、汐はそのままの姿勢でポケットからハンカチを取り出し、自分の目に当てた。

「……もう、大丈夫」

鼻声で言うと、汐は立ち上がった。表情はいまだに暗いが、いくぶんか落ち着いた様子だった。

俺も立ち上がり、倒れていた汐の自転車を起こす。ハンドルを汐に握らせ、俺も自分の自転車のスタンドを上げた。

「帰ろう。今日はもう、疲れたろ」

「うん……」

それから分かれ道の三叉路《さんさろ》まで、時間をかけてゆっくりと歩いた。

その後、汐《うしお》とは小まめに連絡を取るようにしていた。連絡といっても、話の内容はなんでもよかった。とにかく汐との繋《つな》がりを保っておきたかったのだ。最初は互いに気まずさを感じていたが、今では……少なくとも表面上は、普通に話せるようになっていた。

ただ。

あの屋上前での一件を思い出すたび、複雑な思いが胸に渦巻く。

汐は、どうしてあんなことをしたのか。

理由にまったく見当がつかないわけではない。だからこそ、真実を知るのが怖かった。

＊

図書館から帰ってきた。

自転車のカゴに入れていたショルダーバッグを手に取り、自宅に入る。家の中は蒸し暑く、木造建築らしい嗅《か》ぎ慣れた木の匂《にお》いがする。とりあえず洗面所で汗を拭《ふ》き、それから麦茶を二杯飲んで、自室へ向かった。

階段を上り、廊下をちょっと進んだところにあるドアを開ける。隙間《すきま》からエアコンの冷気が流れ込んできた。俺は暑さから逃れるように、自室へ足を踏み入れる。

「おかえり」

と、ベッドにもたれかかる汐が出迎えの言葉を口にした。

細い鎖骨が覗《のぞ》く大きめのシャツに、ぺらっとした生地のハーフパンツ。ちょっとそこのコンビニまで、といったラフな出で立《いた》ちだ。ぱっと見は中性的な印象を受けるが、よく見れば薄く化粧をしているのが分かる。手元には読みかけの文庫本がある。

俺は「ただいま」と返した。

「悪い、ちょっと帰るの遅くなった。留守のあいだ何かあった？」

「いいや、なんにも。ずっと静かだったよ」

「そっか」

相槌《あいづち》を打つと、汐は読書を再開した。

部屋が静けさに包まれる。聞こえるのは、エアコンの稼働音と、外で鳴くセミの声くらいのものだった。

俺は勉強机の下から、キャスター付きの椅子《いす》を引っ張り出す。椅子に座り、肩にかけていたショルダーバッグを机の上に置く。そして何をするでもなく、汐を眺めた。

文庫本を開く両手に目が止まる。白磁のような、繊細な手の甲。細い指先を目線でなぞると、透明のマニキュアでも塗っているのか爪《つめ》がつやつやしていた。

汐の右手が本から離れ、垂れ下がっていた前髪をそっと耳にかける。そのとき、俺の視線に気づいたのか、こちらを向いた。

「……えっと、何?」

汐《うしお》は首を傾げる。

「あ、いや。悪い。なんか。汐が部屋にいるの、不思議な感じだなって思って」

弁解すると、汐は納得したような顔をして、本に視線を戻した。

「ぼくも、たまにそう思うよ」


汐が俺の家を訪れるようになったのは、一週間ほど前からだ。

家に居づらい――という内容のメールが、汐から送られてきたことがあった。夏休みに突入し、日課のように汐とメールのやり取りをする最中のことだった。理由は、書いていなかった。だが推測はできた。

汐の家庭環境は、ちょっと複雑だ。血の繋《つな》がらない母親に、汐の生き方に反対する妹。もはや汐にとって自分の家は、心安らぐ場所ではないのだろう。

なら、俺はどうするか。幼馴染《おさななじみ》として、意地でも汐に関わり続けると誓った、俺がすべきことは何か。

最適解を考え、数分後、こう返した。

「じゃあウチに来る?」

返事が来るまで一時間ほどかかった。汐は、誘いに乗った。

以来、汐は頻繁に俺の家へと足を運ぶようになった。家に来ても、別に大したことはしない。本を読んだり、ゲームをしたり、夏休みの課題を進めたり。六時のチャイムが鳴ったら、汐は帰宅する。

俺たちのあいだには暗黙の了解があった。『キスのことには触れない』だ。それを守り続けているかぎり、二人でいる時間は平穏そのものだった。沈黙も、今では大して苦にならない。プライベートな空間で誰かがくつろいでいるという状況は、案外、悪いものではなかった。

「それ、面白い？」

俺は汐に声をかける。

さっきから汐は熱心に本を読んでいる。俺の蔵書からおすすめしたミステリー小説だ。

「うん。結構、好きかも。雰囲気がいい」

小説を読みながら汐は答える。気に入ってくれたようで嬉《うれ》しかった。

「だろ？　主人公がいいキャラしてるんだよな。今、どこまで読んだ？」

「えーと……一九六ページ」

「じゃあ刑事が死んだところか」

え、と声を漏《も》らして汐は顔を上げる。

「この人、死ぬの？」

「あっ」

　血の気が引く。

「……えっと、刑事じゃなくて、弁護士のほうだったかも……？」

「もう遅いよ」

　汐《うしお》は苦笑する。

　俺は椅子《いす》から降りて床に正座した。そして土下座する勢いで頭を下げる。

「ごめん。本当にごめん。あまりにも迂闊《うかつ》だった」

「大げさだなぁ。そんな謝らなくていいよ」

「いや、小説の楽しみを一つ奪っちゃったんだから汐は怒っていいよ。俺がされたら絶対に嫌《いや》だもん。だから、今度なんか奢《おご》る。ハーゲンダッツでもなんでも――」

「別に、いいって」

　少しうっとうしそうに言うと、汐は本にしおりヒモを挟んでテーブルに置いた。

「ネタバレ、ぼくはそんなに気にしないから」

「……そうなの？」

「こういうのって、過程を楽しむものでしょ。誰が死ぬにしても、死ぬまでに何があったかのほうが重要だろうし。もちろん限度はあるけど」

「でも、先の展開が分かったら驚きが薄まったりしない？」

「まぁ、するけど。それは面白さとは別の問題じゃないかな」

ううむ、と俺は正座したまま腕を組んで唸《うな》る。驚きと面白さは別。そういう考え方は俺にはないものだった。いまいち腑《ふ》に落ちないが、言っていることは理解できる。

「いやでも、ミステリーでネタバレってわりと致命的じゃね……？　他のジャンルなら分からんでもないけど」

「咲馬《さくま》って、変なとこで頑固だよね」

汐はため息をつき、「分かったよ」と降参したように言った。

「ハーゲンダッツじゃなくて、パピコでいい。それで、許すから」

「今度買っとくよ」

正座を解いて、俺はまた椅子に座った。

汐は本をそのままに携帯をいじりだした。集中が切れたのかもしれない。ネタバレを抜きにしても、読書中に話しかけるのはよくなかったなと反省する。……いや、さすがに気を使いすぎか？　ここは俺の部屋なんだし、話しかけるくらいなら別にいいはず。

「そういや、図書館で星原《ほしはら》と会ったよ」

俺が言うと、一瞬、汐の携帯を触る手が止まった。こちらを見ずに「どうだった？」と訊《き》いてくる。

「ちょっと喋《しゃべ》って、すぐに別れた。あんま思うように喋れなかったけど、元気そうだったよ」

「……そうなんだ」

どこか憂いのある相槌《あいづち》。この話題は、深掘りしないほうが無難に思えた。星原《ほしはら》の話をすれば、キスの件が少なからず想起される。汐《うしお》にとっても俺にとっても、掘り返したくない過去。だから、今はまだ触れないでおく。向き合うのは、まだ先でいいはずだ。

「なぁ、汐」

「ん?」

「パピコ、何味がいい?」

「……チョコ」

「了解」

夏休みはまだ続く。

＊

今日は汐と二人で夏休みの課題に取り組んでいた。

テーブルの上に問題集やらプリントやらを広げ、カリカリとシャーペンを動かす。外では元気にセミが鳴き、点《つ》けっぱなしのテレビからは、甲子園の実況中継が流れている。時刻は二時を回っている。

一つ設問を解いたところで、俺は手を止め、テレビの画面を見た。

こんがり日焼けしたピッチャーの顔がアップで映っている。真剣な表情でバッターボックスを睨《にら》み、投げた。放たれたボールは相手のバットをかいくぐり、見事、キャッチャーミットに収まった。三振、スリーアウト。応援団が沸《わ》き、攻守交代する。

こんな暑いなかよくやるな、と感心する一方で、少しばかりの羨望《せんぼう》を覚えた。汗水たらして砂埃《ほこり》にまみれる彼らには、一人ひとり勝ち取りたいものがあるのだろう。目標に向かって邁《まい》進《しん》する彼らの姿は、俺にはずいぶん眩《まぶ》しく映った。

などとちょっぴりセンチメンタルな気分に浸っていたら、

「終わった」

と、汐が唐突に言った。ペンを置き、ベッドに背を預ける。

「英語？」

「え？」

「いや、全部」

「夏休みの課題、全部」

「はっや！」

思わず大きな声が出た。いや、これは驚く。たしか一週間前は、俺と同じくらいの進捗《しんちょく》だったはずだ。俺はまだ半分ほどしか終わっていない。

「家でも進めてたからね。これでもゆっくりやったほうだよ」

「マジかぁ。ちょっと見せてくんない?」

「やだよ。ずるじゃん」

「じゃあ教えてくれ。数学で詰まってるんだよ」

「……学年一位取ったのに、分かんないとこあるの?」

「ああ。テス勉したとこ、もう半分くらい忘れてるから」

「堂々と言うことじゃないよ、それ」

仕方ないな、と言って、汐《うしお》は俺の隣に移動してくる。不意にシャンプーか何かの甘い香りがした。少しだけ、汗の匂《にお》いが混じっている。

途端に、キスの記憶が蘇《よみがえ》った。心臓がふわっとするような感覚を覚え、顔が熱くなる。

——ダメだ。思い出すな。考えたら、まともに汐の顔が見れなくなる。

俺はさりげなく呼吸を整え、落ち着きを取り戻す。

「どこが分かんないの?」

「あ、えっと、ここの三角関数なんだけど」

「そこは変数に置き換えて——」

俺は課題に意識を向ける。余計なことは考えないようにしよう。

汐の力を借りながら、数学の問題を解いていく。汐の教え方は上手《うま》かった。なんというか、地頭《じあたま》のよさを感じさせられる。定期考査で一位を取ることができても、まだまだ汐には及ばないな、ということを思い知らされる。汐のおかげですいすいと解けた。

「汐って、前の定期考査は何位だったんだ？」

ペンを動かしながら、雑談の切り口として俺は訊《たず》ねる。すると汐は、

「二位」

さらりと返した。

「マジで？　すご」

「一位の人に言われてもな」

「いやいや。俺の場合はいろんな人に協力してもらっての一位だからさ。独力で二位取った汐のほうがすごいよ」

「……別に、そうでもないよ」

汐はつまらなさそうに言う。汐にとって二位はそこまで嬉《うれ》しい順位ではないのかもしれない。ひょっとすると、一位を狙《ねら》っていたのかも。だとしたら、ちょっと悪いことをしたなと思う。

「手、止まってる」

汐がぴしゃりと言う。

「お、おう。悪い」

厳しい。まぁそれくらい真面目《まじめ》に教えてくれてるってことか。俺は再び課題に向き合う。

黙々とペンを動かす。ところどころ汐《うしお》に教えてもらいながら、順調に問題を解き続けた。

四時を過ぎたところで、数学の課題が終わった。

「できた！」

完璧《かんぺき》だ。一人で解いていたら間違いなく今日中には終わらなかった。汐に感謝しなければ。

「思ったより早く終わったね」

「ああ。汐のおかげだよ」

お礼を言うと、汐はすっと目を伏せて「いいよ」と小さく返した。

俺は座ったままぐっと背伸びをする。心地よい疲労感がある。今日のノルマは達成だ。あとはのんびりして過ごそう。

「あ、そうだ。映画観《み》ようぜ、映画。昨日いろいろ借りてきたんだ」

本当はお菓子でも食べながら夜に一人で観るつもりだった。けど汐と観たほうがあとで感想を言い合えるし、そっちのほうが楽しいかもしれない。

「いいけど、ちょっと遅くならない？　そろそろ四時半だよ」

「じゃあ九〇分のやつにしよう」

勉強机の横にかけてある鞄《かばん》から、入れっぱなしにしていたレンタルビデオ店の貸出袋を取り出す。そして袋の中から、一つのパッケージを抜き取った。数年前に大きな賞を取った映画で、ジャンルでいうと、たぶんヒューマンドラマに当たる。

円盤をＤＶＤデッキに飲ませると、画面にメニューが表示された。あとは【本編】にカーソルを合わせて決定ボタンを押せば、映画は再生される。

「なんか飲むか。麦茶とリンゴジュース、どっちがいい？　あと牛乳もある」

「じゃあ、リンゴジュースで」

「取ってくるよ」

俺は部屋を出る。

階段を下り、台所に入ると、流しの前で牛乳を飲む彩花《あやか》の姿があった。前髪をカブトムシみたいに結んで、つるっとしたおでこを出している。今日は部活が休みのようで、朝から家にいた。

彩花は俺に気づくと、コップから口を離した。

「何じろじろ見てんの。きも」

「見てねえよ」

息を吐くように暴言が出てくる。相変わらず口が悪い。

俺は冷蔵庫からリンゴジュースを取り出す。コップを取ろうと棚に近づいたら「今日も来てるの？」と彩花が言った。

「主語が抜けてんぞ」

「汐さん」

「来てる」

「ふうん」

彩花《あやか》は牛乳を飲み干し、空になったコップを流しに置く。

「今の汐《うしお》さんって……前とは違うんだよね」

「回りくどい言い方だな」

「分かるでしょ。さっきから鈍いな～。わざとやってる？」

苛立《いらだ》たしげにする彩花。実際、わざとやっていた。別に意地悪したいわけではない。俺の口から、汐の性について触れていいのか迷ったのだ。デリケートな話題だから、むやみやたらに話すのはためらわれた。

けど彩花の口ぶりからして、おおよその察しはついているだろう。それに汐自身が公にしていることだし、事情を伝えても問題ないはず。

考えた末、言うことにした。

「前とは違う、ってのはそのとおりだ。今は、汐ちゃんだな」

一瞬、彩花は目を見開いて、すぐに納得の表情を見せた。

「あの噂《うわさ》、ほんとだったんだ」

椿岡《つばきおか》中学にまで汐の話は広がっているようだ。そりゃそうか。ただでさえ田舎は噂が広がりやすい。そのうえ汐は女の子になる前から、地元じゃちょっとした有名人だった。

彩花は、今の汐をどう思っているのだろう。昔はしょっちゅう、彩花を交えた俺と汐の三人で遊んでいた。そばで見ていたかぎり、過去の彩花にとって汐は、「憧《あこが》れのお兄さん」みたいな立ち位置だった。

俺はお盆の上にコップを二つ置いて、リンゴジュースをとくとくと注ぐ。ついでにストックしていたポテトチップスを添えておいた。

「せっかくだし、挨拶《あいさつ》でもしとくか？」

「は？　なんで？」

「や、特に理由はないけど……久しぶりだし、汐、喜ぶと思って」

彩花は顔を伏せた。

「……いや、いい。どう接していいか、分かんないし」

まぁそうだよな、と思う。俺も最初は……というか、わりと頻繁にそうなる。

「別にいつもどおりでいいよ」

彩花は上目がちに俺を見る。

「……ほんと？」

「ああ。つっても暴言ぶつけまくんのはダメだけど」

「そんなのお兄だけに決まってんじゃん」

あ、俺だけなんだ……。悲しいような、ホッとしたような、自分だけ特別でちょっと嬉《うれ》しいような。いや、最後のはない。

彩花《あやか》は俺から目線を逸《そ》らし、鼻の頭をかく。

「まぁ、普通でいいなら……一言だけ」

「じゃあ、行くか」

彩花の気が変わらないうちに、お盆を持って自分の部屋へ向かった。彩花は俺の後ろを歩きながら、ヘアゴムを外して前髪を手ぐしで整える。

「お待たせ」

片手でドアを開けて、部屋に入った。汐《うしお》がこちらを向く。

「ああ、ありがとう——あれ、彩花ちゃん？」

「お、お久しぶりです」

肩越しに挨拶《あいさつ》をして、彩花も部屋に入ってくる。毅然《きぜん》とした態度を装っているが、明らかに肩が強張《こわば》っていた。

「ほんとに久しぶりだね。今、中学二年生だっけ？　ずいぶん大人っぽくなったね」

汐の声は明るい。とりあえずは好感触のように思えた。

「ありがとうございます。汐さんも、その……」

語尾を濁しながら、彩花はじっと汐のことを見つめる。目ざとい彩花のことだ。すでに化粧や雰囲気から、汐の変化を感じ取っているだろう。今は汐に配慮して、「その……」に続く言葉を選んでいるように思えた。

「少し、変わりましたね」

やや含みのある感想。

対する汐は、

「あはは……そうだね。たしかに、結構変わったかも」

ちょっとばつが悪そうに俯《うつむ》く。

彩花の顔に「しまった！」という焦りが浮かんだ。

「で、でも私は今のほうがいいと思います。今の汐さんすごく美人だし、汐さんみたいなお兄さん、じゃなくてお姉さんがいたらほんと個人的には嬉《うれ》しいといいますか、なんならうちの兄と交換してほしいといいますか」

「おい」

俺が突っ込みを入れると、彩花は「とにかく！」と強引に話をまとめた。

「鈍い兄ですが今後ともよろしくお願いします」

早口で言いながらぺこりと頭を下げ、逃げるように部屋から出て行った。

俺はお盆をテーブルの上に置いて床に座る。すると汐がこちらを見て微笑《ほほえ》んだ。

「彩花ちゃん、いい子だね」

「普段はめちゃくちゃ口悪いけどな。ま、できた妹だよ」

「いいな、仲よさそうで……」

汐《うしお》は心底羨《うらや》ましそうに呟《つぶや》く。

きゅっと胸が縮むように痛んだ。今の言葉には、強い実感がこもっていた。前々から察していたが、汐と操《みさお》ちゃんの兄妹仲《きょうだいなか》——ではなく今は姉妹仲といったほうが正しいか。どちらにせよ二人の関係は、まだ改善していないらしい。俺にはどうしようもない問題だと、あえて踏み込まずにいた。

家庭というのは、最も身近な聖域だ。社会から切り離された空間で、部外者の介入をよしとしない。特に、ただの高校生である俺が、汐の家族についてとやかく言える筋合いはない。

今、俺が汐のためにできることは、この時間を大切にすることだろう。

「また今度、彩花《あやか》に声かけてみるか。ゲームとか、三人でやったほうが盛り上がるだろうし」

「いいね、そうしよう」

汐は声を弾《はず》ませる。

さて。彩花の挨拶《あいさつ》と準備が済んだことだし、映画を観《み》よう。

俺はリモコンをぽちぽちと操作して、本編を再生した。配給会社のオープニングが流れているあいだにポテトチップスを開封し、いつでもつまめる状態にしておく。

画面の中で、淡々と物語が紡がれる。

広大な自然のなかで生きる等身大の人間たち。激しいアクションも手に汗握るサスペンスもない。けど、登場人物の営みがひたすら丁寧に描かれていて、引き込まれる。

これは当たりの予感。

時たまポテトチップスをぱりぱり囓《かじ》りながら、俺も汐も、食い入るように映画を鑑賞した。

そして物語が中盤に差し掛かった頃《ころ》。

画面の中で、男女がちょっといい雰囲気になる。

こ、これは……。

俺は固唾《かたず》を呑《の》む。案の定、男女二人が服を脱ぎ始め、ごくごく自然な流れで、濡《ぬ》れ場に突入した。ユーチューブでは映せないようなものが、画面にがっつりと映る。

本格的な濡れ場だった。


うわ、やば……ちょ……うわー！


顔が熱くなってきた。眼福などとは微塵《みじん》も思わない。完全にトラップだ。家族で金曜ロードショーを観ていたら、ベッドシーンが始まってお茶の間が凍りつく、あの状況と同じだ。

早く終わってくれ、と祈りながら、俺はおそるおそる横目で汐の顔色を窺《うかが》い――ハッとする。

汐は、赤面したり引いたりするでもなく、ただただつまらなそうな顔をしていた。心なしか頭を傾かせ、冷め切った目で画面を見据えている。どこか、うんざりしているようにも見えた。

こんな反応をするんだ、という静かな驚きがあった。不思議な感覚だ。何か、汐《うしお》の本質的な部分を垣間見《かいまみ》ている気がした。

汐の目に、すっと光が戻る。画面に視線を戻すと、濡《ぬ》れ場から場面が切り替わっていた。盗み見がバレたら気まずいので、俺は映画に集中する。

それから物語は大きく動いた。主人公が因縁の相手と相対し、過去のトラウマを克服したところで、映画は終わった。エンドロールが流れる。

「いい映画だったね」

「ん、そうだな」

満足そうな汐に同意を示す。濡れ場に多少気を取られたものの、俺も映画の出来には満足していた。

「あのシーン、よかったよね。女の子が羊を守ろうとするとこ――」

汐は愉快そうに映画の感想を語り始める。濡れ場で見せたつまらなさそうな表情が嘘《うそ》みたいだった。俺も感想を捻《ひね》り出そうとしたが、あのとき見せた汐の横顔が、映画のどのシーンよりも印象的だった。

――俺、やっぱり汐とは違うんだな。

ぽつりと、そう思った。俺と汐のあいだにある大きな隔たりを、改めて認識させられた気分だった。かといって疎《うと》ましさはない。そういうものだと、なぜかストンと胸に落ちた。

汐《うしお》の話に相槌《あいづち》を打っているうちに、六時のチャイムが鳴った。

「あ、もうこんな時間」

汐が荷物をまとめて立ち上がる。コップを載《の》せたお盆を運ぼうとするので「そのままでいいよ」と引き止め、二人で玄関に向かう。

「明日も来るか?」

「いや、明日は来れない。カウンセリングがあって」

そういえば、七月から定期的に通っている、と汐から聞いていた。特に悩みがあるわけではなく、汐の継母《けいぼ》である雪《ゆき》さんに説得されて行くようになったらしい。

「そっか。じゃあ、次に会うのは明後日《あさって》だな」

「そうなるね」

汐は三和土《たたき》でスニーカーを履き、こちらを向く。

「それじゃあ」

「ああ、また」

汐は家を出た。

明後日は夏休みの登校日だ。星原《ほしはら》とも、顔を合わせることになるだろう。胸が躍る一方で、まだキスの件を引きずっているんじゃないかという不安もあり、単に登校するのが面倒な気持ちもあった。

様々な思いを飲み下し、俺は自室に足を向ける。

＊

およそ三週間ぶりに、見慣れた田んぼ道を自転車で走る。

周りの景色は、緑の絨毯《じゅうたん》を敷いたような様相を呈している。陽《ひ》の光をたっぷりと浴びた稲の葉は、迂闊《うかつ》に触れると指を切りそうなほど力強く伸びていた。

分かりきったことだが、今日も暑い。教室に冷房がないことを考えると、ひどく憂鬱《ゆううつ》な気分になる。

椿岡《つばきおか》高校が近づくにつれ、俺と同じように気だるそうな生徒が散見された。彼らに交じって校門を抜け、駐輪場に自転車を停《と》める。

「おはよう」「おー久しぶり」「焼けた？」「宿題全然やってないんだけど」「うーっす」

生徒たちの挨拶《あいさつ》や談笑が耳に触れる。それらをすり抜け足を踏み入れた昇降口で、栗《くり》色の髪を見つけた。両サイドで結んだ髪が、小型犬の尻尾《しっぽ》のようにひょこひょこと揺れている。

星原夏希《なつき》だ。

今は上履きに履き替えている途中だった。ここでスルーするのはあまりに素っ気ないので、俺は思いきって「おはよう」と挨拶をする。

星原《ほしはら》は振り向くと、ちょっと驚いた顔をした。そしてすぐ間《ま》を埋めるように笑《え》みを作る。

「おはよ！　久しぶり……ってほどでもないか。図書館で会ったもんね」

「だな」

相槌《あいづち》を打ち、俺も上履きに履き替える。そして二人で教室に向かった。

廊下を進んでいると、多くの生徒とすれ違った。一時間目は全校集会だ。みんな、もう体育館へ向かおうとしている。少し急いだほうがいいんじゃ、と思ったが、俺は星原のペースに合わせた。

「ね、紙木《かみき》くん」

どこか畏《かしこ》まった声。歩きながら隣を向くと、星原は言葉を継いだ。

「汐《うしお》ちゃんと、あれから連絡取った？」

あれから、というのは、おそらく終業式の日を指している。そういえば、汐が俺の家に来るようになったことは、星原に伝えていなかった。

「取ってるっていうか、しょっちゅう家に来てるよ」

「えっ、そうなの⁉」

立ち止まり、本気で驚く星原。

俺は足を止めると同時に「あっ」と声を漏《も》らしそうになる。これは言わないほうがよかったかもしれない。星原からしたら、仲間はずれにされたようなものだ。

「や、家に来てるって言っても、なんもせずダラダラしてただけだぞ？　ほんと、ただ時間を潰《つぶ》してただけで……星原を誘うほどのことじゃなかったんだよ」

「ダラダラって、具体的には……？」

え、気になるのそこ？　と疑問に思ったが、正直に答える。

「まぁ、課題やったり、映画観《み》たり……そんな感じ？」

「そう、なんだ」

含みのある相槌だった。目つきもどことなく胡乱《うろん》げだ。

もっとしっかり説明したほうがよさそうだ。しかしどこから話せば……などと思い悩んでいたら、突然、星原は「うん」と大きく頷《うなず》いた。

「二人とも仲よさそうで、安心したよ」

穏やかな笑みで納得を示された。が、むしろ誤解が深まっているような気がしてならない。

やっぱり説明を、と口を開きかけたところで、

「おはよう」

と背後から挨拶《あいさつ》された。

俺と星原は同時に振り向く。

そこに立っていたのは、汐だった。灰色の瞳《ひとみ》が、俺と星原を交互に見つめる。なんでもないような顔をしているが、学生鞄《かばん》の肩紐《かたひも》を握りしめる仕草に、緊張が表れていた。ひょっとす

ると、近くで挨拶《あいさつ》するタイミングを窺《うかが》っていたのかもしれない。

「う、汐《うしお》ちゃん、おはよう」

星原《ほしはら》がぎこちなく返す。

俺も遅れて「おはよう」と挨拶をした。かなりタイムラグができてしまった。互いに自然とは言いづらい。

——気まずい。

たぶん、俺を含めて三人ともそう感じている。俺と汐の二人だけならまだしも、そこに星原が加わると、どうしても空気がぎこちなくなる。

何も喋《しゃべ》れずにいると、周囲の視線を感じた。廊下を行き交う生徒の何人かが、俺たちのほうをちらちらと見ている。

「と、とりあえず教室行くか」

このまま突っ立っていたら変に注目されてしまう。それに、全校集会の時間も近づいていた。

汐も星原も同意し、三人揃《そろ》って歩きだした。それでも重苦しい空気は、俺たちにまとわりついて離れなかった。

*

全校集会はスピーディに進行した。たぶん熱中症対策だろう。各部活動の戦績が発表され、三分にも満たない校長先生の話が終わると、全校集会は一時間足らずで終了が告げられた。

「おす、紙木《かみき》」

「ん」

体育館から教室に戻る途中で、蓮見《はすみ》が横に並んできた。蓮見と顔を合わせるのは終業式以来だ。夏休み前と変わらず、覇気《はき》のない眠そうな顔をしている。

歩きながら蓮見は俺のことをまじまじと見つめると、何かを察したように眉《まゆ》を動かす。

「ずっと家にいたみたいだな」

「うわ、なんで分かんだよ。怖……」

「全然日焼けしてないから」

俺は自分の腕と蓮見の腕を見比べる。よく見れば、蓮見のほうが焼けていた。蓮見は卓球部だから、夏休みのあいだも、暑いなか自転車を漕《こ》いで学校に通っていたのだろう。

日焼けの度合いで何かの優劣が決まるわけではないが、俺は蓮見に変な対抗心を覚えた。

「言っとくけど、ずっと引きこもってたわけじゃないからな。図書館とかレンタルビデオ店とか行ってるし」

「それは出かけてるうちに入んないでしょ」

「はー？　じゃあ蓮見はどうなんだよ。あ、部活はなしだからな」

学校の行き来まで「出かける」にカウントしたら、蓮見《はすみ》には勝ち目がない。そう思って条件をつけたのだが、

「卓球部の友達とバーベキューした。あと祭りにも行ったよ」

「あ、そうなんだ……」

普通に夏休みをエンジョイしているようで、ちょっと凹《へこ》んだ。薄々気づいていたが、蓮見は影が薄いだけで、わりと充実した高校生活を送っている。

「なんで落ち込んでんの」

「だって俺より夏休みを満喫してるから……」

「妬《ねた》み？」

「はっきり言うなよ。俺が惨《みじ》めになっちゃうだろ」

足取りが重くなってきた。階段を上るのがしんどく感じる。

「家にいるより出かけてるほうが夏休みを満喫してる、ってのは雑な決めつけだと思うけど」

「えー、そうか？」

「楽しみ方の問題でしょ。家にいても本とか映画とかたくさん観《み》れたら、満喫してる判定でもいいんじゃないの」

「それは……たしかに」

というか普通に正論だった。偏見を指摘されたようで、ちょっと恥ずかしくなる。でもこう

いった学びは大切にしていきたい。

　２—Ａの教室に着いた。

　少し遅れて、伊予《いよ》先生が入室してくる。腕まくりした白いシャツに、タイトなパンツ。足を進めるたび、後ろで一つ結びにした髪が左右に揺れる。手元にはプリントの束があった。

　伊予先生は教卓の前に立つと、パンパンと手を叩《たた》いた。

「はいはーい、みんな席に着いて」

　号令に従って、クラスメイトはおしゃべりを中断し各々《おのおの》の席に着く。伊予先生は教室をぐるっと見渡して、口の端をニッと上げた。

「うん、みんな来てるね！　にしても、木田《きだ》っち焼けたね〜。歌島《うたじま》は、また身長伸びた？　あ、汐《うしお》は少し髪が伸びたね！　みんな成長してるみたいで先生嬉《うれ》しいぞ」

　点呼の代わりに、伊予先生はクラスメイト一人ひとりのコンディションをたしかめていく。

　一人ひとりよく違うコメントが出てくるな、などと感心していたら、俺の番が回ってきた。

「紙木《かみき》は……あんま変わってないね！」

　嬉しくないコメントだった。まぁ実際そのとおりなのだが。

　長い点呼が終わると、先生は教卓に置いてあったプリントを前の席から配り始めた。

「みんな知ってのとおり、一〇月に文化祭があります。まだ二か月くらい先なんだけど、今のうちから動かないといろいろ間に合わないのね。なので今日のところは、Ａ組の出し物と、文化祭の実行委員を決めようと思います」

俺は手元にやってきたプリントに目を落とす。

紙面には、希望する出し物を書き込む空欄がある。その下には、カフェや演劇といった出し物の候補が並んでいる。

「一度集計を取るけど、最終的な出し物は先生たちで決めます。もし全クラスが『バンドやりたい！』てなったら、文化祭じゃなくて音楽フェスみたいになっちゃうからね。まぁ、多少の被《かぶ》りは問題ないから、ほぼ君たちの多数決で決まると考えていいよ」

先生は自分の腕時計にちらりと目をやる。

「今から一〇分あげるから、そのあいだにぱぱっと決めちゃって。周りと相談するのもオッケーだから。それじゃあ、始め！」

先生の合図と同時に、教室は賑《にぎ》やかになった。

「どうする？」「楽なのがいいなー」「カフェやろうぜ、メイドが出てくるやつ」「クレープとかどう？」「私たこ焼きめっちゃ得意だよ」「ギター弾きたい！」

クラスメイトたちは思い思いの希望を口にする。みんなやりたいことはバラバラのようだ。

俺が一年生のときにいたクラスでは、焼きそばの模擬店をやっていた。俺は看板の製作を手伝ったくらいで、ほとんど何もしていない。今年はどうしよう。

まぁ、去年と同じか。

どうせ裏方に回るだろうから、楽そうな出し物にしよう。となると準備の少ない飲食系か。フランクフルトなんかは簡単そうだ。よし、これに決定。

空欄を埋めるまで一分もかからなかった。クラスメイトの半数は、まだ決められずにいるみたいだ。星原《ほしはら》なんかは分かりやすくて、「え〜どうしよ〜」と悩みながら、友達の椎名《しいな》と相談している。二人は席が近くて仲もいいので、休み時間なんかに話しているところをよく見かける。

やがて一〇分が経過し、伊予《いよ》先生が「はい、しゅーりょー」とみんなに呼びかける。クラスメイトたちは後ろからプリントを前に回した。

「じゃあ、あとはこっちで集計しとくね。希望と違っても文句は言わないように」

集めたプリントの角を、トントン、と教卓の上で揃《そろ》える。

さて、と言って伊予先生は続けた。

「次は文化祭実行委員ね。一応訊《き》くんだけど、やりたいです！　って人いる？」

先ほどの賑やかさが嘘《うそ》のように、みんな黙りこくった。

伊予先生は苦笑する。

「いないか〜。けど今日中に男女一人ずつ決めなきゃなんないからさ。どうしても決まんなかったら先生が指名しちゃうけど、それでもいい？」

教室にどよめきが走る。

誰も実行委員などやりたがらない。単純に面倒くさそうだからだ。椿岡《つばきおか》高校の文化祭はそれなりに規模が大きいだけに、準備や運営にかかる負担も大きい。

実行委員は二、三年生の仕事だ。だからこの場にいるクラスメイトは、まだ誰も実行委員を経験したことがない。だが慌ただしく学校を駆け回る先輩たちを、去年、誰もが目にしたことだろう。実行委員は、軽いノリで立候補できるようなものではないのだ。特に、部活動やバイトで忙しい生徒は。

教室の空気が少しだけピリピリしてきて、あちこちから「お前やれよ」といった声が聞こえてくる。大体「嫌《いや》だよ」「めんどい」「そういうお前がやれ」みたいな反応がセットだ。実行委員に立候補する生徒は、一向に現れない。

「誰もやんないのー？　仕方ないなぁ。じゃあ、悪いけど先生が」

と、そこで伊予《いよ》先生は言葉を切った。

先生とクラスメイトたちの視線が、天井に伸びる細い腕に集まる。手を挙げたのは、意外な人物だった。

「夏希《なつき》、やってくれるの？」

伊予先生が確認すると、星原《ほしはら》は挙げていた手を下ろして、ちょっと自信がなさそうに笑った。

「えっと、みんながやらないならチャレンジしてみようかな～、なんて……」

「おー、頼もしいね！　じゃあ、女子は夏希に決定！」

頑張れー、応援してる、といった女子の励ましの声が星原に投げかけられる。星原は照れくさそうに「ありがと～」とまとめて答えていた。

珍しいな、と俺は思った。俺の知るかぎり、星原は率先してリーダーシップを発揮するようなタイプではない。けど、向いてないとも言い切れない。星原は友達が多くて人望があるし、多少ドジを踏んでも、周りがフォローしてくれそうだ。

「じゃ、あとは男子だねー、みんなどうする？」

伊予先生が問いかけると、再び教室は騒がしくなった。

一瞬、頭の中で「星原が実行委員をやるなら、俺もやってみようかな？」という考えが生まれ、すぐに霧消する。立候補して「あいつ、星原に気があるんじゃね」と疑われるのは避けたかった。それに俺は、先導して何かやったり人前に立ったりするのはちょっと苦手なのだ。

完全に静観する姿勢に入っていたら、なぜかこちらを見ている汐《うしお》と目が合った。

汐は、くい、と小さく顎《あご》を動かす。手を挙げろ、と伝えたいらしい。

えっ、と声を出しそうになる。俺は反射的に首を横に振った。「俺なんかにできっこない」と卑屈な自分がここぞとばかりに主張を始める。俺と星原の仲を取り持ってくれるのは嬉《うれ》しいが、立候補する自信はなかった。

俺のジェスチャーが正しく伝わったみたいで、汐は顔をしかめて視線を前に戻す。そして前を向いたまま、ポケットから携帯を取り出し、机の下で何やら操作を始めた。

少しして、俺のポケットに入れてある携帯が震える。

まさか、と思いながら携帯を確認してみると、やはり汐《うしお》からメールが届いていた。

『やったほうがいいよ。なつきと近づきたいなら』

気持ちが揺らいできた。

どうしよう。実行委員をやるかやらないか。もし俺が立候補したら、星原《ほしはら》との溝を埋めることができるかもしれない。どころか、より距離が縮むかも。が、周りに好奇の目で見られる恐れがあるし、それ相応に忙しくなる。そう。実行委員はきっと忙しい。立候補すれば何かしらの活動に従事することになり、遅くまで学校に残る必要も出てくる。そうなると、俺たちは三人揃《そろ》って下校するのが難しくなるだろう。星原とお近づきになれても、汐といられる時間は短くなる。

……ん？

もしかしてこれ、星原を取るか汐を取るかみたいな話か？

いや待て。違うだろ。よく考えろ。いくら実行委員が忙しいといっても、さすがに毎日遅くまで学校に残るわけじゃないはずだ。部活に所属する人間が実行委員をやることだってあるんだし。だから俺が立候補しようがしまいが、今までと状況は大して変わらない……。

と、そこまで考えて気づいた。

俺、実行委員をやらなくていい理由を探してる。

忙しいにせよ、周りに変な目で見られるにせよ、リスクを恐れて保身に走っているだけだ。星原に好意を抱きながら、自分のことばかり考えている。それじゃあ、ダメだ。

決めた。

俺は迷いを捨て、ゆっくりと手を挙げる。

「や、やります、実行委員……」

自分でも笑ってしまうくらい、ヘナっとした声だった。

クラスメイトたちの視線が一斉に俺に集まる。この感じ、やっぱり慣れない。妙にそわそわしてしまい、つい卑屈な笑《え》みが漏《も》れる。一方で伊予《いよ》先生は、嬉《うれ》しそうに「いいね！」と声を上げた。

「そうこなくっちゃね！　じゃあ男子は紙木《かみき》で決定！　夏希《なつき》と紙木にはまた指示を出すから、二人とも九月から頑張ってね〜！」

もう後戻りはできない。だがこれでよかったはずだ。俺が実行委員になったことで、星原と話す機会が増え、なんやかんやでぎくしゃくした雰囲気も解消される。そうなることを祈ろう。

ともかく、登校日の日程はこれで終了となる。伊予先生は短く別れの挨拶《あいさつ》を告げ、クラスメイトのみんなに「解散！」と言い渡した。

教室の空気は一気に弛緩《しかん》する。俺は立ち上がり、学生鞄《かばん》を肩にかけた。そのとき、星原と汐が何か話しているのが見えた。ほんの数秒で汐とのやり取りを終えると、星原はこちらに向かってくる。

期待で胸が膨らんだ。同じ実行委員になった挨拶《あいさつ》かな、それとも一緒に帰ろうと誘いに来てくれたのかな、と飼い主を待つ子犬のような気持ちになる。だが予想に反して、星原《ほしはら》は申し訳なさそうに「ごめん」と謝ってきた。

「実は今日、他の友達と一緒に帰る約束してて……」

完全に予想が外れていた。期待していた分、結構なショックを受ける。

「そ、そうか。分かった」

「あ、実行委員、一緒に頑張ろうね。じゃあ、ばいばい」

「ああ……それじゃあ」

星原は俺に背を向けると、机のあいだを縫って進んで、他の女子と合流した。数人のグループで和気あいあいと談笑しながら、帰っていく。

俺はため息とともにうなだれる。

どうしても星原と帰りたかった、というわけではない。ただ、「星原に距離を置かれているんじゃないか？」と感じたのが辛《つら》かった。ただの被害妄想だと思いたいが、ネガティブな考えはぐんぐん成長し、俺の胸を内側から圧迫する。

「……大丈夫？」

俺のもとにやってきた汐《うしお》が、心配そうに声をかけてきた。落胆が表情に出てしまっているらしい。

「大丈夫。それより、メールありがとな。なんか、立候補してよかった気がする」

「ちょっと差し出がましい気もしたけど……夏希《なつき》と距離を詰めるチャンスだと思ったからさ」

「ああ。まぁ、これからどうなるかは分かんないけどな……」

「上手《うま》くいくよ、きっと」

汐は優しく微笑《ほほえ》む。

俺は返事の代わりに軽く笑い返して、二人で教室を出た。

＊

外があまりにも暑いので、俺も汐も、自転車に乗って速《すみ》やかに帰宅した。特にこれといった会話もなく、気づいたらもう分かれ道で、俺と汐はそれぞれの帰路についた。

自宅に着くと、合鍵《あいかぎ》を使って家に入った。蒸し蒸しした廊下を歩きながらネクタイを緩め、洗濯機に制服と靴下を放り込む。それから台所で麦茶をがぶ飲みしてから、自分でそうめんを茹《ゆ》でて食べた。

「……味気ねえ」

ちゅるちゅると麺《めん》を啜《すす》りながら呟《つぶや》く。薬味でも用意すればよかった。

そうめんを食べ終えたあと、食器を流しに浸けて、俺は自室に閉じこもる。冷房をガンガンに効かせ、ベッドに寝転がった。すると、大きなあくびが漏《も》れた。食後だからか、横になると急に眠気が襲ってきた。

今日は汐《うしお》が来る予定もない。俺はまぶたを閉じて、ゆっくりと意識を手放す。

携帯のバイブ音が、俺を眠りの底から引き揚げた。

薄く目を開けると、窓から西日が差し込んでいた。今、何時だろう。冷房の設定温度を低めにしていたせいで、ちょっと寒い。俺は冷たくなった足先を布団の中に突っ込んだ。

ていうか、電話に出ないと。

鉛のように重い身体《からだ》を起こす。寝ぼけ眼《まなこ》をこすりながら、枕《まくら》の横にある携帯を手に取った。

「はい、もしもし……」

『あ、咲馬《さくま》。今、大丈夫?』

寝ぼけた頭に浸透するハスキーな声。汐だ。念のため画面をたしかめてみる。間違いなかった。

「お、おう。平気」

『もしかして寝てた?』

「ああ、よく分かったな」

『なんか、声が眠そうだったから。ごめんね、昼寝中に』

「いや、いいよ。こんな時間に寝てるほうが悪いから。それより、なんか用？」

汐から電話をかけてくるのは珍しい。今まで連絡を取るときは、決まってメールだった。

『明後日《あさって》って、なんか用事ある？』

「いや、特にないけど」

『そっか。実は、夏希《なつき》を誘って三人で遊びに行こうかなって考えてるんだけど』

「あー、星原《ほしはら》……えっ、星原？　さ、三人って、汐ともう一人は？」

『咲馬だよ。この流れで他の誰かだったら変でしょ……寝ぼけてる？』

「いや……今ので目が覚めた」

三人で、遊びに行く。夏休みらしいイベントの到来に、胸が躍る……場面なのだろうが、突然のことで困惑していた。

「どうしてまた急に？」

理由を問うと、汐は一瞬だけ返答に詰まった。

『咲馬と夏希のあいだに、ちょっと距離ができてるように見えたんだ。それは咲馬にとってよくない状況だろうから、また二人が普通に話せるようにしたかったんだよ。そもそも、気まずくなった元凶はぼくにあるわけだし……』

たしかに汐が起こした行動は、良いか悪いかは置いといて、俺と星原に大きな影響を与えた。汐《うしお》を責めるつもりはないが、それは事実だ。

『……余計なお世話だったかな』

「いやいや全然そんなことないよ。遊ぶ遊ぶ、海でも山でもどこでも行くよ俺は」

『そっか。それは、よかった』

汐の声に安堵《あんど》が滲《にじ》む。

「それで、明後日《あさって》は何して遊ぶんだ?」

『ああ、それを相談したくて連絡したんだ。咲馬《さくま》は、どこか行きたい場所とかある?』

「行きたい場所かぁ……」

正直、どこでもいい。それこそさっき言ったように、海でも山でも。しかし汐と星原《ほしはら》がいることを考えると、慎重に選んだほうがよさそうだ。

海は、ハードルが高い気がしてきた。海水浴といえば夏の代名詞みたいなものだが、よほど仲のいい友達としか行かない印象がある。水着を着るからだろうか。

水着……星原の水着姿は、正直、とても気になる。けど水着姿の星原を前にしたら、これはもう断言できるが、俺は絶対に緊張する。なら……汐の水着姿はどうだろう。そもそも水着を着るのか分からないが、汐はちょっと不安になるくらいウエストが細いし、ちゃんと水着を選べばアリな気が……。

『決まった?』

「いや、ちょっと水着で悩んでて……」

『え、水着⁉』

しまった！　想像が変な方向に先走りすぎた。

「や、真面目《まじめ》に検討してたわけじゃなくてちょっと気になっただけでマジで気にしなくていいから忘れてくれ」

『う、うん……？』

なんとかごまかせた。とにかく、海はやめとく。今の俺にはいろいろと刺激が強い。

「えっと、汐はどうだ？　行きたい場所、ある？」

『いや、特には……あ、できればインドア寄りな場所がいいかも。外、暑いし。夏希《なつき》も、身体《からだ》動かすの苦手だから、屋内で楽しめそうな場所のほうが喜ぶんじゃないかな』

「なるほど」

では屋内に候補を絞ろう。

どこがいいだろう。映画館？　ボウリング？　カラオケ？　どれもしっくりこない。せっかくの夏休みなのだから、放課後にでも行けそうな場所は避けて、少しは遠出したいところだ。となると……。

「あっ」

突然、一つの場所が頭に浮かんだ。パズルのピースがぴったりハマるような感覚。

「あそこはどうだ？　隣の市にある水族館」

リニューアルされた、という情報を数か月前に新聞で見た記憶がある。行ってみたいなと思いつつ、当時は気軽に誘える友達もいなかったので諦《あきら》めていた。

『あ、いいかもね。結構、人気なんだっけ』

「そうそう。屋内だから快適だし、身体《からだ》動かす必要もそんなにないしさ。それに魚とか見るの結構好きなんだよ」

『へえ、ならちょうどいいかもね。じゃあ、水族館にしようか。今夜にでも夏希《なつき》に声をかけておくよ』

「ああ、助かる」

『細かい段取りが決まったら連絡するよ。またあとでね』

了解、と返すと、通話が切れた。

俺はベッドに倒れ込む。水族館なんて何年ぶりだろう。楽しみだ。星原《ほしはら》が来てくれることを願うばかり——ただ、星原の誤解がおそらくまだ解けていないのが、少し不安だった。

まぁ、なんとかなるか。

階下から「ごはん！」と彩花《あやか》の声がした。もう夕食の時間らしい。俺は冷房を消して、居間へと向かった。

＊

二日後。俺は椿岡《つばきおか》駅の改札前で人を待っていた。

時刻は九時五〇分。通勤ラッシュを過ぎているため、人通りはまばらだ。駅構内なので陽《ひ》の光は当たらないが、それでもかなり暑い。構内から見える外の景色は、空気が白ばんで見えるほど激しい日差しに晒《さら》されていた。

俺は携帯の時計を見る。もうそろそろ来るだろうと思って辺りを見渡すと、こちらに向かってくるキャスケット帽を被《かぶ》った人物が視界に入った。

リボンをあしらった白いブラウスに、ウエストの締まったスカート。一人だけ明らかに周りとオーラが違う。こんな地方都市にいるのが不自然に感じるほど可愛《かわい》らしい格好をしたその人は、まさかの汐《うしお》だった。帽子を目深《まぶか》に被っているので、気づくまで少し時間がかかった。

汐は俺の前で歩みを止めると、帽子のつばを少し持ち上げる。

「ごめん、待った？」

「あ、いや。さっき、来たとこ」

と答えながらも、俺はつい汐の服装をまじまじと見てしまう。俺の家に来るときの服装とも学校の制服ともまた違う、すごく……女の子らしい格好だった。あまりに違和感がないので「可愛い」よりも先に驚きが来る。

「服……似合ってるな。一瞬、誰だか分かんなかった」

「そ、そう？」

汐《うしお》は自信がなさそうに肩をすぼめ、自分でスカートの端をちょんとつまんだ。

「もっとラフな格好にしようと思ったんだけど、雪《ゆき》さんがこれを着てけってうるさくて……へ、変じゃないかな？　ぼくにはちょっと可愛《かわい》すぎると思うんだけど……」

「そんなことないだろ。似合ってないって言うヤツがいたら、そいつは眼科に行くべきだな」

言ってから「なんか決めゼリフっぽくなっちゃったな」と恥ずかしくなる。汐の格好がやたらと可愛らしいのと、友達と遊びに行くのが久しぶりで、無意識に変なテンションになっているのかもしれない。

「そっか、似合ってるんだ、これ……」

噛《か》みしめるように呟《つぶや》くと、汐はすっと俺から顔を背《そむ》けた。どうやら照れているらしい。

女の子っぽいな、と俺は思う。

以前の俺なら、汐の心と身体《からだ》のギャップに落胆していたかもしれない。けど今は違った。ただ純粋に汐の服装を褒めることができた。自分の中で認識が変わりつつあることに、俺はちょっと嬉《うれ》しくなる。

「今日、晴れてよかったな。つっても水族館だからあんま天気関係ないけど」

汐は気を取り直すようにコホンと咳払《せきばら》いして、こちらに視線を戻す。

「雨よりマシだよ。ただこうも暑いと、ちょっと参るね」

と言いつつも、汐《うしお》の顔は涼しげだ。汗一つかいていない。

「車で送ってもらったのか？」

「？　いや、自転車だけど」

「そのわりには全然汗かいてないな」

ああ、と汐は納得する。

「身体《からだ》中に冷えピタ貼《は》って汗を抑えてるんだ。汗かくの、嫌いだから」

「へー、全然気づかなかった。ていうか冷えピタっておでこに貼るやつじゃなかったっけ」

「身体に貼る用のがあるんだよ。首の後ろとか、ほら」

そう言って汐は襟《えり》足をかき上げ、俺にうなじを見せてくる。覗《のぞ》き込んでみると、襟に隠れるようにして、冷えピタが貼ってあった。なるほど、たしかにこれは涼しそうだ。俺も暑い日は真似《まね》してみよう。

……ていうか全然関係ないけど、汐のうなじ、めちゃくちゃ綺麗《きれい》だな……。

白くて細くて、蝋《ろう》のような艶《つや》がある。こまめに手入れしているのか、生え際のラインは綺麗に整っていた。おまけに制汗剤に混じって、かすかにシャンプーの甘い匂《にお》いがする。

俺はすっかり見入ってしまう。と、そこに「ヴー」と携帯のバイブ音が割り込んで、俺はビクッとした。やましい気持ちで見ていたわけでもないのに、やたらと驚いてしまう。

汐はスカートのポケットから携帯を取り出し、通話を始める。

「もしもし……ああ、今は改札の前に咲馬《さくま》といるよ。……ん、分かった」

汐は通話を切ると、俺のほうを向いた。

「夏希《なつき》、もうすぐ来るって」

「そ、そうか」

声が上擦《うわず》る。一体何を動揺しているのだ、俺は。

落ち着け、と自分に言い聞かせていたら、汐は改札のほうを指差した。

「そろそろ改札抜けとこっか」

「ああ、そうだな」

星原《ほしはら》は電車で来るので、俺たちとはホームで待ち合わせる予定になっている。

改札を通る前に、切符売り場に寄る。俺が券売機に千円札を突っ込む隣で、汐はＩＣカードにチャージしていた。互いに準備が済んだので、改札に入る。

星原と合流したら、水族館の最寄り駅へ向かう電車に乗る。最寄り駅から水族館までは、少しだけ歩く。向こうに着くのは、お昼前になりそうだ。

頭の中で簡単なスケジュールを組んでいたら、汐に肘《ひじ》を小突かれた。来たよ、と言って汐は下り線のホームに顔を向ける。

汐が見ている先に目をやると、こちらに向かってくる星原が見えた。無地のカットソーに、キュロットスカート。歩調に合わせて小さな斜めがけのポーチがぱたぱた揺れている。星原《ほしはら》がこちらに気づくと、ニコリとはにかんで手を振ってきた。

天使かな？　と思った。俺は勝手に上がっていく口角を押さえつけながら、ゆるく手を振り返す。

「ごめんお待たせ！　紙木《かみき》くん——と汐《うしお》ちゃん!?」

星原は汐のほうを見るなり目を丸くした。

「やば！　めちゃくちゃ可愛《かわい》い！　似合いすぎてびっくりした！」

「ありがとう。夏希《なつき》も、その服可愛いね」

「いやいや、汐ちゃんに比べたら全然だよ」

「そんなことないよ。すごく似合ってる」

「ええ〜そうかなぁ？」

てれてれと頭をかく星原。マジで挙動のすべてが可愛いな……と思っていたら、俺と目が合った。星原はこちらを向いて、軽くポーズを取るみたいに身体《からだ》を傾ける。

「えへへ、どうかな？」

あまりに存在が眩《まぶ》しくて、神妙な気持ちになってくる。

「……に、似合ってると思います」

「なんで敬語！」

あはは、と星原は鈴が転がるように笑う。俺は無性に照れくさくなった。

ひとしきり笑ったあと、星原は何か思い出したように「あ」と声を上げる。

「もう次の電車が出ちゃうんだった。ちょっと急ごっか」

早足で先導する星原に、俺と汐はついていく。

思いのほか、和気あいあいとした雰囲気だった。多少ぎこちない感じになることを覚悟していたのだが、今のところその前兆すらない。汐も、内心では意外に感じているだろう。そもそもこうして遊ぶ計画を立てたのは、星原とのわだかまりを解消するためだ。

ひょっとすると、そのわだかまりは俺と汐の杞憂《きゆう》に過ぎなかったのかもしれない。そう考えると、すっと胸が軽くなった。同時に、言いようのない喜びがこみ上げてくる。

今日はもう、面倒なことを忘れて純粋に楽しんでしまおう。

まもなくドアが閉まります、というアナウンスとともに、俺たちは電車に駆け込む。車内は冷房が利いていて涼しかった。それほど混雑はしていないが、家族連れや中学生くらいの乗客が多い。

プシュー、と空気が抜けるような音とともに扉が閉まり、電車が発進する。二駅で快速に乗り換えるので、俺たちは立ったまま連結部の近くに固まった。

星原が「ねね」と言って汐の服に視線を注ぐ。

「その服、汐ちゃんのチョイス？」

「これは雪《ゆき》さんがいくつか選んでくれて……その中から、自分に似合いそうなのにしたんだ」

「へ～、いいセンスしてるね！　なんかモデルさんみたい……あ、そうだ！」

名案でも浮かんだのか、星原《ほしはら》はウキウキした様子で自分の携帯を胸に掲げた。

「写真、撮っていい？」

だろうな、と思った。これは写真に収めたくなる。だが汐《うしお》は予想していなかったようで、面食らった顔をしていた。視線を泳がせ、身をよじりながら答える。

「まぁ、少しだけなら……」

「わー、ありがと！　じゃあ、早速一枚」

ぱしゃり、と星原はシャッターを切る。立ち姿を斜めから写した一枚。汐の表情はやや強張《こわば》っているが、十分絵になる写真だ。

「お～いいね。これは帽子を脱いだパターンも欲しくなるね」

星原は物欲しそうな視線を汐に向ける。

汐は「はいはい……」と言って渋々と帽子を脱いだ。

ふぁさ、と髪が摩擦《まさつ》で持ち上がり、そしてすぐに垂れ下がる。汐が軽く頭を振ると、絹糸のような髪が一本一本キラキラと光って見えた。

綺麗《きれい》だな、と俺は思った。それは花や星空に対して覚える感情と同種のものだった。

「すご！　めっちゃオーラある！」

ぱしゃぱしゃと写真を撮りまくる星原。次第に、「次はカメラ目線で」とか「車窓から外を退屈そうに眺める感じで」などとポーズを要求し始める。汐は少しばかりの抵抗を見せながら、まんざらでもなさそうに従った。

一〇枚くらい撮ったあたりで、ようやくカメラモードを解除する。

星原は写真を確認して満足そうに頷《うなず》き、俺のほうを向いた。

「あとで紙木《かみき》くんに送っとくね」

「ああ」

星原はニコニコしながら俺をじっと見つめたあと、画面に視線を戻した。

——ん？

なんだ、今の間《ま》？

送っとくね、と言ったあと、一秒くらい不自然な空白があった。俺の顔に何かついていたのだろうか。念のため車窓を鏡代わりにして自分の顔を見てみる。だが食べカスも寝癖もついていなかった。

……考えすぎかな？

「なんか、すごい注目されてる気がする……」

汐が不安そうに呟《つぶや》いた。

さり気なく辺りを見てみると、数人の乗客が汐のことを見ていた。中でも中学生くらいの女の子たちが「外国の人？」「モデルとかじゃない？」「顔ちっちゃ～」などと輪を作ってコソコソ話をしている。丸聞こえだ。

「まぁ、あんだけ堂々と撮影すればな」

「恥ずかしい……」

汐《うしお》はまた帽子を目深《まぶか》に被《かぶ》ってしまう。「もっと自信持ちなよ～」と星原《ほしはら》が励ましの声をかけていた。

電車は椿岡《つばきおか》駅を出てから、三つ目の駅に停《と》まる。

乗り換えだ。俺たちは電車から降りて、停車していた快速電車に乗り込む。車内は先ほどの電車よりも混んでいた。ここから目的の駅まで四、五〇分ほどかかるので、今度はどこかに座りたいものだ。

電車の中を進んでいくと、四人がけのボックスシートが空いていた。まず先頭を歩いていた汐が奥に座る。二番目の俺は、一瞬どこに座るか悩んで、汐の対面に腰を下ろした。

汐には女の子として接するべきなのだから、汐の隣は女の子である星原のほうがいい。それに、今まですっかり頭から抜け落ちていたが、星原は汐に好意を寄せている。だったらなおさら、汐の隣は星原のために空けておくべきだ。

そう考えていたのだが、俺が座るなり星原は突然固まった。口を「え」の形にしたまま、目だけが俺と汐を行ったり来たりしている。

「夏希《なつき》？」

異変を察した汐が声をかける。星原はハッとすると、苦笑しながら俺のほうを向き、

「もう、紙木《かみき》くんはそっちじゃないでしょ？」

と、子供をたしなめるように言った。

俺は戸惑う。

多少のためらいは見せつつも、星原は汐の隣に座ると俺は予想していた。それがまさか「そっちじゃない」と口頭で指摘されるとは。そんなに汐か俺の隣が嫌《いや》だったのだろうか。それとも単に、汐の隣に座るのが恥ずかしかっただけ？

あるいは。

星原は、気を使ったのか？

俺と汐の関係を誤解しているから、俺たちをくっつけようとしている、とか？

分からない。だがなんにせよ、今は星原の意図を汲《く》んだほうがいいだろう。理由を問うたら、気まずい雰囲気になるかもしれない。

「そうだな。じゃあ、俺はこっちに」

さもうっかり間違えたように、俺は汐の隣に移動する。

星原の言動に思うところがあるのか、汐は何か言いたそうにしていた。しかし星原が席に座ると、諦《あきら》めたように唇《くちびる》を結ぶ。

ごうん、と電車が発進する。車窓の景色がゆっくりと後ろに流れていった。

「今日ほんといい天気だね～。あの水族館って、イルカショーとかやってるのかな？」

ケロリとした顔で星原《ほしはら》は俺たちに話題を振った。

汐《うしお》が「たしか、やってたと思うよ」と答える。

「じゃあ行ってみる？」

「うーん、でも濡《ぬ》れたらちょっと嫌《いや》だな……」

「後ろのほうに座れば大丈夫だよ。見てみたいなぁ、イルカ。あとシャチ！」

楽しそうに喋《しゃべ》り続ける星原に、汐は自然な感じで受け答えする。

俺は二人の会話を遠くから眺めているような錯覚に陥った。まるで二人とも何事もなかったみたいだ。切り替えが早い。いや、俺が気にしすぎなだけで、本当に何もなかったのかもしれない。

いちいち神経を尖《とが》らせていたら気疲れする。俺は疑心暗鬼を押し殺して、二人の会話に交ざった。

「着いたー！」

目的地である水族館を前にして、星原は勢いよく両手を掲げた。入館口前のスペースには、巨大なクジラのモニュメントが鎮座している。

水族館は駅から一〇分ほど歩いたところにあった。この辺りは海沿いに位置するため、ほのかに潮の香りが漂っている。夏休みシーズンで客入りは多く、入場券売り場には数メートルの列ができていた。

早く冷房の効いた館内に入りたくて、俺たち三人はすぐ列に並ぶ。まもなくして入場券を購入し、館内に足を踏み入れた。

ひんやりした空気が全身を包む。エントランスを抜けると、壁一面が水槽の広々とした空間に出た。

「わ、すごい！」

たたた、と駆けだす星原。額《ひたい》がガラス面にくっつきそうなくらい水槽に顔を近づけて、遊泳する魚を眺めた。

俺は微笑《ほほえ》ましく思いながら、汐と一緒に星原の横に並ぶ。

「おー、壮観だな」

奥行きのある巨大な水槽に、様々な魚が泳いでいる。小型のサメ、球形に群れをなすイワシ、翼を羽ばたかせるようにして泳ぐ大きなエイ。他にも名前を知らない魚たちが、まばゆいほどの生命力を見せつけていた。

「すごー……」

星原は魚に夢中だ。水族館を選んでよかったな、と俺はしみじみ思う。

鮮やかな色のブダイを眺めていたら、目の前を大きなマグロが横切った。結構なスピードで泳いでいて、他の魚や壁にぶつからないかちょっと心配になる。星原《ほしはら》はそのマグロを目で追いながら、感嘆の声を漏《も》らした。

「マグロってさ」

と星原は水槽を見つめたまま言う。俺は軽く相槌《あいづち》を打って続きを促す。

「泳いでないと、息ができないんだよね」

「らしいな」

「生まれた瞬間からそうなのかな。止まれないってどんな気分なんだろうね」

「……ふむ」

ちょっとマグロになったつもりで考えてみる。

「もし海底とかに気になるものを見つけても、止まって確認できないってのは不便だよな」

「たしかに」

感心したように星原は言った。めちゃくちゃ適当に言ったので、真に受けられると少し罪悪感が湧《わ》く。

「まぁ、マグロにとっては止まれないのが当たり前だし、不便と感じることもないか」

「他の魚を見て羨《うらや》ましくなったりしないのかな?」

「そういうマグロも中にはいるかも」

「そっかぁ」

星原はどこか寂しげな顔をする。

いや、なんだこの会話……と思っていたら、突然、ぐぅ、とお腹の鳴る音が聞こえた。

星原が白い目で俺を見てくる。

「ちょっと紙木《かみき》くん」

「いや、俺じゃないんだけど……」

「え?」

俺と星原は同時に汐《うしお》を見る。

汐は水槽を見つめたまま赤面していた。誰の腹が鳴ったのかは一目瞭然《いちもくりょうぜん》だった。

「……ごめん」

「わ、私もお腹空いてきちゃったなー! 先になんか食べよっか!」

焦ったように星原が助け舟を出した。

携帯で今の時刻を確認すると、もうすぐ正午だった。

「どっかで飯食うか」

俺は折り畳んでポケットに入れていたパンフレットを取り出し、館内地図を見る。俺が食事場所を見つけるより先に、汐が「たしか二階にフードコートがあったと思う」と教えてくれた。

「じゃあ、そこにしよっか」

星原《ほしはら》の一声で決まる。

俺はパンフレットをポケットに押し込み、三人でフードコートへと足を運んだ。

サンドイッチやらパスタやらを腹に収めた俺たちは、再び水族館巡りを始める。

淡水魚エリアで熱帯魚を眺めたり、ふれあいコーナーでヒトデに触れたり……もし『水族館の正しい遊び方』というマニュアルが存在するなら、そこから一ミリもズレることのない満喫っぷりだったと思う。

というかもう純粋に楽しかった。行きの電車で少々引っかかりを覚えるような出来事はあったものの、今のところ星原とは普通に話せている。もちろん、汐《うしお》とも。無為に過ごしてきた夏休みを返上できるくらい、今が充実している。

『──ご来館の皆様にお知らせいたします。このあと一五時より、マリンミュージアムにてイルカショーがございます。ご観覧の際には、周りの皆様へのご配慮を──』

休憩所で一休みしていたら、陽気なBGMとともにアナウンスが流れた。

自販機で買ったアイスを舐《な》めていた星原は、さっと目の色を変える。

「やばっ、もうすぐじゃん。早く行かなきゃ！」

星原は半分くらい残っていたアイスを口に押し込んで、棒を近くのゴミ箱に捨てる。イルカへの関心がやたらと強い。

イルカショーを観《み》ることは、あらかじめ三人で決めていた。汐は「濡《ぬ》れたらヤダな」と渋っていたが、後ろのほうに座ることを条件に了承してくれた。

俺たちは屋外にあるマリンミュージアムへと向かう。

外に出ると、激しい日差しが目を射《さ》した。少し歩いただけで、背中にうっすらと汗が滲《にじ》む。こんなに暑いなら、いっそ水を被《かぶ》ってもいいんじゃないかと思えた。

マリンミュージアムに着くと、プールに近い席はほとんど埋まっていた。すでに何人かはポンチョのようなレインコートを身にまとっている。条件をつけるまでもなく、俺たちは空いた後ろの席に座るしかなかった。汐を真ん中に、俺と星原が左右を囲む形だ。

少しして、前方のステージにインカムをつけた若い女性が登壇する。たぶんトレーナーさんだ。

「皆さんこんにちはー！　お集まりいただきありがとうございます！　今日は皆さんに、イルカさんたちのパフォーマンスを見てもらおうと思います。それでは、まずはご挨拶《あいさつ》を！」

トレーナーさんの合図でイルカが水面から顔を出す。すると客席から子供たちの歓声が上がった。

隣の星原は目をキラキラ輝かせ、汐は口元を綻《ほころ》ばせる。挨拶が終わると、いよいよ本格的なショーが始まった。

イルカは縦横無尽にプールを泳ぎながら、ジャンプをしたり、トレーナーさんが用意したフラフープをくぐったりする。

イルカショーを観《み》るのは何年ぶりだろう。面白いや楽しいよりも、懐かしさが先に来る。

たしか、前に見たのは小学生の頃《ころ》だ。ここことは違う水族館で、家族と一緒に見ていた。当時、妹の彩花《あやか》はまだ幼くて、初めて見るイルカに怯《おび》えていた。あの頃の彩花は可愛《かわい》げがあった。今では俺が彩花に怯える立場だ。

昔を懐かしんでいるうちに、プログラムは観客参加型のコーナーに移行する。

「それでは、次は輪投げをやっていきたいと思います！　誰かやりたい人はいるかなー？」

数人の子供が勢いよく手を挙げた。トレーナーさんは、立候補した四人の子供たちをステージに呼び出す。まだ定員には余裕があるみたいで、「大人の方もどうぞ！」と呼びかけた。

すると星原《ほしはら》が、「はい！」と元気な声を出してまっすぐ手を挙げた。

マジかよ、と俺は思った。

「では、そこのお姉さんに手伝ってもらいましょう！」

トレーナーさんがこちらを見て言う。しかも選ばれてしまった。

星原は嬉《うれ》しそうに席を立ち、客席の階段をたったたったと軽快に下りていく。そしてプールをぐるりと回って舞台に上がった。

いくら星原が小柄とはいえ、小学生くらいの子供たちと並ぶとさすがに頭一つ抜けている。かなり、目立っていた。しかも遠目でも分かるくらい全身から喜びのオーラを発している。よ

っぽどイルカと触れ合いたかったようだ。見ているこっちまで楽しい気分になってくる。

星原《ほしはら》と子供たちはトレーナーさんに輪っかを渡され、指示に従い順番に投げていく。

最後に星原の番が回ってきた。輪っかを振りかぶり、他の子供たちよりも遠くに飛ばした。

そして見事、水面に落ちることなくイルカが口（鼻？）で受け止める。

星原は手を叩《たた》いて喜んだ。今にも小躍りしそうなはしゃぎっぷりで、俺はしばし骨抜きにされる。

「あれじゃ、どっちが子供か分かんないな」

「そうだね。……夏希《なつき》が羨《うらや》ましいよ」

付け足すように呟《つぶや》いた汐《うしお》の一言は、どこか憂いを帯びていた。

「もしかして、出たかった？」

俺が訊《き》くと、汐は目を丸くした。

「まさか。そういう意味で言ったんじゃなくて……いろいろだよ」

「ふうん……？」

汐はステージに視線を戻し、気が抜けたような表情で星原を見つめる。他者の目を気にしがちな汐にとって、堂々と喜びを表現する星原は眩《まぶ》しく映るのかもしれない。

「それでは、最後にイルカさんたちと握手を！」

トレーナーさんのかけ声で、イルカが水面から顔を出した。

イルカはステージに近寄り、胸びれを手のように差し出す。星原は他の子供たちと同様に、興奮しつつもおそるおそるといった様子でイルカの胸びれに触れた。

トレーナーさんの「みんなありがとね！」という言葉で、星原たちは解放される。

客席に戻ってきた星原は、すっかりご満悦な様子だった。

「楽しかった〜！　また出たいね」

お疲れ様、と汐が言葉をかける。

星原は元いた場所に腰を下ろすと、手の感触をたしかめるみたいに握ったり開いたりした。

イルカと握手したほうの手だ。

「イルカの肌って、どんな感じなんだ？」

気になって訊いてみた。すると星原は、神妙な顔をする。

「ツルツルしたゴムみたいな感触で……なんていうか……ナス？」

「ナスか……」

家にナスがあったら試しに触れてみよう。

「──はい、これでパフォーマンスは終了となります！　皆さんありがとうございました！」

トレーナーさんが締めの挨拶《あいさつ》をして、イルカショーは盛況のうちに幕を閉じる。

あれ？　と星原が首を傾げた。

「シャチは？」

今さらすぎる。シャチは出ません。

マリンミュージアムを離れた俺たちは、ペンギンコーナーやクラゲコーナーを経て、海の生き物エリアにいた。ギャラリーのように長方形の水槽が並び、イカやエビといった小さな水生生物が展示されている。

星原《ほしはら》はある水槽の前で足を止めた。肩越しに水槽を覗《のぞ》くと、砂底から頭を出したり引っ込めたりする小さなアナゴがいた。チンアナゴだ。

「チンアナゴのチンってなんなんだろ？」

星原はきょとんとした様子で呟《つぶや》く。

俺は水槽横の説明欄を見た。

「えーっと、犬のチンに似ているから、って書いてあるな」

「犬の……チン？　そういう犬種がいるの？」

「うん」

俺は携帯を開く。「犬　チン」で検索をかけると、モップみたいに毛がフサフサした小型犬が映しだされる。

俺は携帯の画面を星原に見せた。そして、二人で水槽のチンアナゴと見比べる。

「似てないな」

「似てないね」

おかしくて俺は笑ってしまう。星原もつられてクスクス笑った。

しばらくのあいだチンアナゴを眺めたあと、俺は再び歩みを進めた。星原は子供のようにはしゃいで、水槽と水槽のあいだを小走りで移動している。

俺は歩きながら星原についていく。魚よりも星原を眺めているほうが楽しいな、などと思いながら口元を緩ませていたら、隣に汐《うしお》が並んできた。

「さっき、夏希《なつき》といい感じだったね」

と、星原に聞こえないくらいの声量で話しかけてくる。

「そ、そうか？　まぁ、自然な感じで話はできたかな……」

「恋人同士っぽかったよ」

「こ」

かっと顔が熱くなる。

「いやいやそれはないって。全然、俺とはつり合ってないし」

「そうかな。結構お似合いだと思うけど」

「ど、どうだろう」

きっとお世辞だろうけど、嬉《うれ》しかった。顔がニヤけそうになるのを必死で抑える。

「ところで、咲馬《さくま》は夏希と付き合いたいんだよね」

汐《うしお》は突然そんなことを確認してきた。

「な、なんだよ、いきなり」

「違うの？」

「いや、違うってことはない、と思うけど……」

「だよね。今の夏希《なつき》はご機嫌みたいだし、咲馬《さくま》はもっと積極的になっていいと思うんだよ」

「……というと？」

「夏希をデートにでも誘ってみたら？　映画とかいいんじゃないかな」

思わず「えっ」と声が出る。俺には縁遠い言葉が耳に飛び込んできた。

「いやいや、それはかなりハードル高いんじゃ……」

「大丈夫だよ。少し二人きりで話してみて、さりげない感じで誘ったら断られないと思う。もしダメそうだったら携帯で教えてよ。すぐに戻るからさ。じゃあ、あとは頑張ってね」

「え。ちょ、待っ」

引き止める間もなく、汐は歩みを進めて星原《ほしはら》にそっと耳打ちする。星原がやや当惑気味に頷《うなず》くと、汐はこの場を離れた。なんか勝手に話が進んでるんだけど……。

星原は俺のもとに寄ってくると、困り顔で笑った。

「紙木《かみき》くんが迷子にならないよう見といて、だって」

「あ、あいつ……」

突然すぎる。汐にしては珍しく強引なやり方だ。別に責めはしないが、せめて心の準備をする時間が欲しかった。

「どうする？　飲み物を買いに行ったみたいだけど、先に行っといてって言われちゃった」

「……じゃあ、汐の言うとおりにするか」

言って、俺たちは道なりにゆっくりと歩き始める。

二人になった途端、互いに口数が減った。三人なら平気だが、二人になるとダメだ。急に何を話せばいいのか分からなくなってしまう。

特に会話もないまま、俺たちはサンゴ礁《しよう》コーナーに足を踏み入れる。他のエリアに比べると照明が薄暗く、辺りはカップルと思《おぼ》しき男女がちらほら見られた。俺は言いようのない焦りに襲われる。

——何か、話さないと。

魚をそっちのけで考え込む。それでもなかなか話題を見つけられずにいたら、突然、星原が足を止めた。俺は危うくぶつかりそうになる。

星原はサンゴ礁を模したアクアリウムを凝視していた。何か面白い魚でも見つけたのだろうか。視線を辿《たど》ってみると、黄色い鱗《うろこ》を持つ、平べったい魚に行き当たった。

見覚えのある魚だ。俺はこいつの名前を知っている。

「チョウチョウウオか」

星原《ほしはら》が驚いたようにこちらを向いて、また、水槽の中に視線を戻した。

「そんな名前なんだ。蝶《ちょう》に似てるから？」

「蝶みたいにひらひら泳ぐから、って説もあるな。以前読んだ本にそう書いてあった」

「さすが読書家さんだ。物知りだね」

褒められた。嬉《うれ》しくなって緊張が和らぐ。我ながら単純だなと思う。

星原は俺のほうを向いて「魚の雑学、他にも何かある？」と訊《たず》ねた。

「ん、そうだな……」

俺は水槽を見上げ、本の内容を思い出す。

「魚には、回遊魚ってのがいる」

ふんふんと頷《うなず》いて先を促す星原。

「成長したりエサを探したりする過程で、住む海域を変える魚のことをそう呼ぶんだ。クロマグロも回遊魚の一種で、長い時間をかけて太平洋を横断する」

「旅するお魚なんだ」

「でも、回遊魚じゃないのに海流に乗って、遠い海域に流される魚もいるんだ。チョウチョウウオとか……あと、クマノミもそうだ。こういう魚たちは泳ぐ力が弱くて、ほとんどが流れ着いた場所に適応できなくて死んじゃうんだよ」

「えっ、死んじゃうの？」

「ああ。寒さに耐えられなかったり、弱ってるところを他の魚に狙《ねら》われたりするらしい」

「……なんか、可哀想《かわいそう》だね」

星原はチョウチョウウオに哀れみの目を向ける。そのまま悼《いた》むような間を置いたあと、先に足を進めた。俺は黙って星原についていく。

「ほとんどってことは、生き残る場合もあるんだよね。その魚はどうなるの？」

「えっと、行き着いた海域で繁殖して、代を重ねるごとに適応していくんだっけな。つっても、生き残ることはめったにないらしいけど。遠くに流されるのは、魚にとって不運な事故みたいなもんなんだろうな」

「そうなのかなぁ」

星原は小さな声で言う。

それきり会話がなくなった。横目で星原を窺《うかが》うと、どことなく顔に哀愁の色を浮かべていた。それに、歩くペースも少し落ちている。

どうしたんだろう。何か、気に障るようなことでも言ってしまっただろうか。

不安に苛《さいな》まれながら歩みを進めていると、サンゴ礁《しょう》コーナーの出口が見えてきた。会話も尽きてきたし、そろそろ汐《うしお》に戻ってくるよう連絡するか——。

「さっきの話だけどさ」

星原が立ち止まった。

俺も足を止め、「ああ」と相槌《あいづち》を打つ。

「ただ流されただけじゃなくて、中には自分の意思で外の海に出ようとした魚もいるんじゃないかな。たとえば、今いる場所が生きづらいとか、好奇心とかで……」

「泳ぐ力もないのに？」

「死んじゃうかもしれなくても、行きたい場所があったんだよ。そういう魚も、きっといると思う。……って、何言ってんだろうね私。なんか急に語っちゃった」

星原《ほしはら》は恥ずかしそうに笑う。

しかし俺は、結構な感銘を受けていた。星原の解釈は少々夢見がちではあるが、素敵な考え方だと思う。それに、あながち間違っているとも言い切れなかった。

たとえばたんぽぽは、種子を風に乗せて遠くに飛ばす。生息場所を拡散させたほうが、種《しゅ》を途絶えさせにくいからだ。チョウチョウウオやクマノミといった魚も、ひょっとすると、同じ理屈で遠くの海に旅立つことがあるのかもしれない。ひいては、種の繁栄のために。

何かを成し遂げるためには、それ相応のリスクを冒さなければならない。

大事なのは選択だ。安定と発展、どちらを取るか。

――デートにでも誘ってみたら？

汐《うしお》の言葉が脳裏をよぎる。

俺は思い切って、見知らぬ海へと続く海流に乗った。

「あのさ」「紙木《かみき》くん」

二人の声が重なる。

星原は「あ、どうぞどうぞ」と変に畏《かしこ》まった態度で先を促してくる。しかし出鼻をくじかれた俺は、言おうとしていたことを言い出せなくなった。

「いや、大したことじゃないんだ。星原から先に言ってくれ」

「私もそんな大したことじゃないんだけど……」

「いいよいいよ、全然遠慮しなくて。ほんと、マジで大丈夫だから」

「そ、そう？　じゃあ、お言葉に甘えて」

星原はコホン、と可愛《かわい》く咳払《せきばら》いする。

が、なかなか話は始まらなかった。えーと、や、その、と言葉を濁すだけで、無意味に時間が流れていく。よほど言いにくいことなのだろうか。あまりに間《ま》をとるので助け舟を出そうとしたら、ようやく「私ね」とはっきり口にした。

「紙木くんのこと、応援してるから」

「え？」

俺はポカンとしてしまう。

応援？　俺を？　なんで？

「あ、もちろん他の人には言ったりしないから！　まだ世間の目とか厳しそうだしね……でも、いつかみんな認めてくれるからさ。そのときはちゃんとお祝いさせてよ」

「はぁ……」

言っている意味が分からなくて、つい気の抜けた返事をする。一方で星原《ほしはら》は、鬱屈《うっくつ》から解放されたように胸を撫《な》で下ろした。

「はー、やっと言えた！　でもさ、本当にびっくりしたよ〜。早く言ってくれたらよかったのに」

「ま、待ってくれ。なんの話だ？」

「ん？　あ、ごめんごめん。ちょっといきなりすぎたね。ほら、紙木《かみき》くんと汐《うしお》ちゃんの話だよ」

俺と汐の話——まさか。

「二人は、付き合ってるんだよね？」

直後、脳天に理解という名の稲妻が落ちた。その衝撃で頭を埋め尽くしていた疑問符がすべて吹っ飛ぶ。

星原が誤解しているのは、分かっていたことだった。けど、こうして正面から事実を突きつけられると、思いのほか焦る。

「待て、違う。違うんだ。前にも言ったと思うけど、俺と汐はそういうんじゃない」

「まぁ、そうだよね。やっぱ言いにくいよね……」

「いやいや本当に付き合ってないんだよ、星原が勘違いしてるだけだって！」

語気を強めてはっきり言うと、星原は驚いたように身じろぎした。

まずい、怖がらせてしまったかもしれない。冷静さを欠いていた。落ち着かなければ。

「……悪い、責めてるわけじゃないんだ。ただ、誤解を解きたくて……」

「誤解って……二人は付き合ってないの？」

だからそう言ってる——という言葉を飲み込んで、俺は力強く頷《うなず》く。

「そうだ。付き合ってない」

きっぱり否定すると、星原は傷ついたように眉根《まゆね》を寄せた。そして疑心のこもった眼差《まなざ》しを、俺に向ける。

「だったら、なんであのときキスしてたの……？」

——それは。

あまりに、もっともな疑問だった。

星原は、あのキスが事故でないことを確信している。

キスをした理由。俺だって知りたかった。でも訊《き》く勇気がなかった。言葉にした瞬間、大切なものが壊れてしまいそうな予感がしていたからだ。それは星原だって同じはず——そう思っていた。けど、星原は、うやむやにせず真実を求めた。

口ごもる俺に、星原は失望の色を見せる。

「……そんなに、言いたくないの？」

「いや、違——」

「どうしたの？」

鼓膜にすっと声が届く。後ろを向くと、そこには汐《うしお》が立っていた。

複雑な感情が胸に渦巻く。「ようやく戻ってきれくれた」？　あるいは「このタイミングで戻ってきてしまった」？　安堵《あんど》していいのか憂慮するべきなのか、それすらも判断がつかなかった。

汐は困惑した様子で俺と星原《ほしはら》を交互に見つめる。状況を掴《つか》めていないのは明らかだ。そんな汐に、星原は真剣な眼差《まなざ》しを向ける。

「紙木《かみき》くんと汐ちゃんって……付き合ってるんじゃ、ないの？」

その一言で、汐はすべてを察したようだ。わずかに刮目《かつもく》し、徐々に表情を曇らせていく。

「そっか、その話か……」

吐息まじりに言うと、汐は痛みに耐えるように唇《くちびる》を噛《か》む。失恋した記憶を掘り返すだけでも辛いだろう。それに汐は、あのキスをとてもつもない失態と捉《とら》えている。汐の心理的な負担は計り知れなかった。

「あの、星原」

辛《つら》そうな汐を見かねて、俺は口を挟む。

「何度も言うけどさ。俺と汐は、付き合ってない。だから……この話は、もうここで終わりでいいんじゃないか」

慎重に言葉を選んだが、俺の言わんとしていることは説明の拒絶だ。その意図を読み取れないほど、星原も鈍くはない。

「っ……」

星原は叱《しか》られたように目を伏せる。反応を見るに、何がなんでも問いただしたいわけではなさそうだ。これなら思い直してくれるはず。

星原がおずおずと口を開こうとした、そのとき、

「いいよ、話す」

汐が言った。

いつになく険しい表情で、星原を見る。

「いずれ、話さなきゃいけないことだから」

汐は静かに歩きだした。場所を変えるつもりなのだろう。俺と星原は無言でついていく。

──大丈夫なのか？

心の中で汐の背中に問いかける。汐は黙々と足を進めるのみで、後ろ姿からはなんの感情も読み取れない。

横目で星原を見ると、ひどく不安そうな顔をしていた。口元を引き締め、眉《まゆ》には力が入っている。時おり何か言いたげに汐の背中をじっと見つめるものの、すぐ諦《あきら》めたように目を伏せる。

息が詰まる。どうしてこんなことに――いや、理由は分かっている。誰が悪いわけでもなく、時間の問題だった。汐《うしお》が言ったように、いずれ向き合う必要があった。

でも……やっぱり俺は、まだ三人で楽しく水族館を巡りたかった。たとえそれが、現実逃避だとしても。

やがて館内のフードコートにたどり着く。正午に訪れたときは混んでいたが、四時にもなれば人はまばらた。俺たちは何も注文せず、奥のテーブルに行く。椅子《いす》に腰を下ろしてからも、しばらく沈黙が続いた。

「咲馬《さくま》の言ってたことは、正しいよ」

汐が重々しく切り出した。

「付き合ってなんかない。そもそもぼくは、咲馬に振られてるから」

え、と星原《ほしはら》が声を漏《も》らす。

星原にとっては重大で、衝撃的な事実だろう。だがこればかりは、俺の口からは言えなかった。いくら俺が星原の相談相手という立場でも、汐の告白を暴露するわけにはいかなった。

「じゃあ、あのキスは……」

こわごわと星原が言う。

結局、そこが問題だった。

俺も汐も、互いに気持ちの踏ん切りがついたはず。なのに汐は、キスをした。どんな理由であれ、とてつもなく話しづらいことは、嫌《いや》でも分かる。

胸が痛い。三人一緒に「いっせーの」で記憶を消せたらどれほどいいだろう。でも、それが無理だから真実を明らかにして、誤解を解くしかないのだ。いや、仮に記憶を消せるとしても、星原は屋上前で見たことを忘れようとせず、今と同じ状況に陥るかもしれない。

「……魔が差した、ってやつなのかな」

汐が言うと、緊張の糸がピンと張り詰めた。

俺は固唾《かたず》を呑《の》んだ。背中に冷や汗が流れるのを感じる。

「やっぱり、自分じゃダメなんだって思うと、叫び出したくなって……。でも、それができなくて、だから……」

一言一言、絞り出すように汐は語る。呼吸の間隔が徐々に短くなっていた。顔を真っ青にして、額《ひたい》にうっすらと汗をかいている。

「だから、その……ぼくが、あんなことをしたのは」

「ま、待って！」

星原が遮《さえぎ》った。

汐は目を見開く。俺も同じ反応をした。声を上げた星原は、泣きそうな顔でうなだれる。

「ごめんなさい……自分から聞いといてなんだけど、もう、聞いてられなかった。汐ちゃん、すごく辛《つら》そうに話すから……心が苦しいよ」

その痛みは、理解できた。俺も、とてもじゃないが聞いていられなかった。星原《ほしはら》が止めなければ、俺が中断させていたかもしれない。

汐《うしお》は星原の言葉を受けて、申し訳なさそうに唇《くちびる》を結んだ。

「二人が付き合ってないのは、分かった。これは本当に。けど……汐ちゃんはさ」

声が詰まる。星原は上目がちに汐を見つめ、口ごもった。続けていいのかどうか、判断に迷っているようだった。ただそれも数秒のことで、星原は慎重に言葉を紡ぐ。

「本当は、まだ紙木《かみき》くんのことが」

「それはっ」

顔を上げると同時に、今度は汐が星原の言葉を遮《さえぎ》った。それもフードコートに響き渡るほど大きな声で。周りの客が、俺たちのほうを見る。

周囲の視線を感じ取った汐は、きまりが悪そうに肩をすぼめ、弱くかぶりを振った。

「それは、ないよ。絶対に、ない」

「……だよね。ごめんなさい」

星原はしおらしく謝り、視線をテーブルに落とす。

『本当は、まだ紙木くんのことが』

先に続く言葉は、容易に想像できた。たぶん汐も同じだ。だから話を遮ったのだろう。

汐が否定したように、星原が言おうとしていたことは、きっと間違いだ。間違いだと、信じることしか俺にはできない。こればかりは汐自身の問題で、俺が介入できる余地はない。

星原は、ゆっくりと席を立った。

「そろそろ帰ろっか」

少しの間を置いて、俺と汐は頷《うなず》いた。


俺たちは水族館を後にした。

名残《なごり》惜しい気持ちもあるが、とても水族館を楽しめる空気ではなかったし、もうほとんどのエリアを回り終えていた。今から帰れば、椿岡《つばきおか》駅に着くのは日の入りの時間になるだろう。

どこに寄るともなく駅に直行し、俺たちは電車に揺られる。

座席は向かい合わせのボックスシート。席次は、行きと同じだ。俺と汐が隣同士で、対面に星原が一人。星原は車窓からの風景をぼんやりと眺めている。

ふと、隣から小さな寝息が聞こえた。汐のものだった。壁に寄りかかるようにして、無防備な寝顔を晒《さら》している。

「ぐっすりだね」

星原が小声で言った。

「だな。よほど疲れたんだろう」

フードコートでのやり取りで、相当神経を使ったのだと思う。汐の心労を推し量ると、胸が詰まった。今はゆっくり休んでほしい。

星原《ほしはら》は汐《うしお》の寝顔を見つめながら、悲しそうに目を細めた。

「あんなこと、聞かなきゃよかったな……汐ちゃんに悪いことした」

膝上《ひざ》に視線を落とし、星原は訥々《とつとつ》と続ける。

「こんなの、ただの言い訳だけど……私ね、本当に、二人を応援したかっただけなの。困らせるつもりなんてなかった」

「……汐も分かってるよ。それに、あの話はいつかちゃんと向き合う必要があったから……」

星原が気に病むことはない」

単に慰めているわけではなく、本音を伝えたつもりだ。それでも星原の表情は晴れなかった。

俺は短く息をつき、首の横をかく。

「むしろ、俺のほうこそ悪かったな。告白のこと、ずっと黙ってて」

星原は俯《うつむ》いたまま、首を横に振る。

「言えなかった気持ちは、分かるよ。まぁ、驚きはしたけど……ちゃんと聞けたから。私は、もういいの」

星原の声には、文脈とは関係ない諦念《ていねん》がこもっているように感じた。

告白のこと、そしてキスの理由を知った今、星原の汐に対する想《おも》いに変化は生じたのだろうか。今も「好きかどうか分からない」ままなのだろうか。

たしかめてみたい気持ちはある。だが睡眠中とはいえ、そばに汐がいる状況で、口にするのは憚《はばか》られた。

汐は今もすうすうと小さな寝息を立てている。呼吸に合わせて肩が小さく上下していて、その顔は穏やかそのものだ。

――魔が差した、ってやつなのかな。

訥々と語る汐を思い出すと、木枯らしに吹かれたような悲愴《ひそう》感に襲われた。

汐が女の子として登校してくる日まで、俺は何かと汐に対して劣等感を抱いていた。内心、嫉妬《しっと》もしていた。だがそれは羨望《せんぼう》の裏返しに過ぎない。俺は、汐に憧《あこが》れていたのだ。だから、さっきの――まるで謝罪会見のように汗を浮かべて弱々しく言葉を発する汐の姿は、見ていて辛《つら》かった。

別に、汐が女子としてやっていくのはいい。けど、汐には高潔なままでいてほしかった。俺なんかに心を乱されてほしくなかった。

そもそも、汐は俺のどこがよかったんだろう？

男を好きになるにしても、他にもっといいヤツがいるはずだ。俺よりも勉強もスポーツもできて、さらに顔も性格もいい男は、この椿岡《つばきおか》だけでもきっとたくさんいる。なのに汐は、俺を選んだ。

どうして？　幼馴染《おさななじみ》だから？　それとも単に接する時間が長かったから、俺のことを好きになったのか？

　だとしたら、一体いつからなんだ？

　思考が錯綜《さくそう》する。知らずと眉間《みけん》に力が入っていた。

　いずれ汐《うしお》は、俺を選んだ理由を語ってくれるのだろうか。興味がないといえば嘘《うそ》になるが、もう終わった話だ。この疑問は胸の奥にしまっておく。

　ふわ、と星原《ほしはら》が小さなあくびをした。目を潤ませ、もにょもにょと口を動かす。

「寝てていいぞ。着いたら起こすから」

　星原はとっさに口元を押さえた。

「だ、大丈夫。全然、平気だから」

　と言うわりには、目がとろんとしている。本当は眠たいだろうに。我慢するのは、後ろめたい気持ちがあるからだろうか。

　その後も星原は、目をこすったり首をカクンとさせたりしながらも、頑張って起きていた。

　だがそれも限界が近そうだ。

「……無理してない？」

　星原の頬《ほほ》にさっと朱が差す。肩を丸め、観念したようにこくりと頷《うなず》いた。

「ごめん、やっぱり眠くて……寝ていい？」

「もちろん」

「じゃあ、お言葉に甘えて。おやすみなさい」

おやすみ、と返すと、星原は目をつむった。

寝息が二つに増える。俺は暇つぶしにポケットから携帯を取り出した。画面を開いて画像のフォルダに移動すると、星原が行きの電車で撮った汐の写真がある。水族館で昼食を取っているときに、星原が送ってくれたものだ。

電車の中、物憂《ものう》げな表情で佇《たたず》む汐の横顔には、少しだけ恥じらいが浮かんでいる。いい写真だ。適当なアイドル事務所にでも送りつけたら、声がかかるかもしれない。もちろん、そんなことはせず、フォルダに残しておくけれど。

俺は車窓の外に目をやる。もう、日が傾きつつあった。

＊

三人で水族館に行った日から、数日が過ぎた。

俺は冷房の効いた部屋で夏休みの課題を進めていた。面倒な数学を早めに終わらせて余裕をかましていたら、思いのほか日が経《た》つのが早く、今現在、課題に追われている。自分の計画性のなさが恨めしかった。

世界史の参考に教科書をぱらぱらめくっていたら、視界の端に、汐の姿が映った。ベッドにもたれ、いつか俺が勧めた文庫本を読んでいる。汐《うしお》が家に来るのはおよそ一週間ぶり。会うのは水族館に行った日以来だ。

汐は、以前と変わりないように見えた。会話が少ないのはいつものことだ。特段気まずくなることもなく、平穏に過ごせている。

と、思いたかった。

「ちょっと休憩」

俺はペンを置く。

汐は黙々と小説を読み進めている。ただ、時おり、とても小さなため息を吐《つ》く。読んでいる小説に思うところがあるのか、あるいは、水族館での出来事に由来するため息なのかは分からない。ただの吐息で、俺の考えすぎという可能性もある。なんにせよ、むやみに詮索《せんさく》するつもりはなかった。事情を訊《き》いても俺に解決できる問題とはかぎらないし、変に気を使わせてしまうのも悪い。

などと考えていたら、へっくしゅ、と汐がくしゃみをした。

「部屋寒い?」

「あ……うん、ちょっとだけ」

俺はリモコンで温度を上げた。この部屋のエアコンは結構な年代物で、温度調節がバカになっている。二七度じゃ暑くて、二六度だと寒くなる。実は俺も、少し肌寒さを感じていた。

「冷えピタ、今も貼《は》ってんの？」

「いや、家に入る前に剥《は》がした。さすがに冷房の効いた部屋だと、寒くなっちゃうから」

俺は家の前で身体《からだ》中の冷えピタを剥がす汐を想像する。なかなか奇妙な光景だった。汐のことだから、人目につかないようやってるだろうけど。

俺は立ち上がる。

「ちょっとお茶いれてくる」

汐の返事を背中で受け止め、俺は部屋を出る。

台所に入る。急須にお茶っ葉を入れ、ポットのお湯を注ぐ。湯のみとセットでお盆に載《の》せ、部屋に戻った。

急須と湯のみをテーブルに置くなり、汐は読んでいた本を閉じて目を瞠《みは》った。

「熱いお茶？　わざわざ淹《い》れてくれたの？」

「うん。たまに飲むんだよ。夏でも冷房で身体が冷えることあるし。あと雪見だいふくと合わせて飲むとうまい」

言いながら、俺は湯のみにお茶を注ぎ、汐に差し出した。汐は両手で受け取ると、ゆっくりと口をつけて湯のみを傾ける。一口飲んだあと、ほぅと息を漏《も》らした。

「おいしい」

俺も飲む。冷房で冷やされた身体の芯がぽかぽかした。何か、塩気のあるものが欲しくなってくる。せんべいでもあればいいのだが、残念ながら今日は買い置きがない。

二人でちびちびと熱いお茶を飲む。汐《うしお》は湯のみを手に、瞑目《めいもく》したまま、

「咲馬《さくま》に優しくされるの、しんどいな」

と何気なく呟《つぶや》いた。

俺は湯のみを落としそうになった。今の言葉をどう受け取っていいのか分からず、硬直する。

汐はしばらく湯のみの底をぼうっと見つめていたが、突然、ハッと顔を上げた。まるで自分が何を言ったのか、今になって気づいたようだった。顔にありありと狼狽《ろうばい》を浮かべ、戸惑いに口を震わせながら、

「今のなし」

と、今度はやけにはっきりと言い放った。

「ごめん。今のは、聞かなかったことにしてほしい」

本気の謝罪だった。とんでもない失言だった、と顔に書いてある。

「お、おう……分かった」

正直忘れようがないが、そう答えるしかない。

汐は軽く呼吸を整えると、湯のみに残ったお茶を、くんっと一気に飲み干した。

「おい、まだ熱いだろ……」

「だいじょうぶ」

絶対に嘘《うそ》だ。ちょっと涙目になっている。舌を火傷《やけど》していないだろうか？　心配だ……。熱いのは分かっていたはずなのに、どうしてそんなことを。何か自罰的な意味合いでもあったのだろうか。だとしたら、そういうのは本当にやめてほしい。

俺は立ち上がる。

「……冷たいお茶、欲しくなってきたな」

俺がそう言うと、汐はばつが悪そうに眉《まゆ》を寄せた。だが気に留めず台所へ向かった。この気遣いも、汐にとっては「しんどい」ものなのかもしれない。それでも、何もせずにいるのは嫌《いや》だった。

台所に着き、冷蔵庫から麦茶のペットボトルを取り出す。コップは、別にいらないか。湯のみがあるし。

ペットボトルを抱《かか》え、踵《きびす》を返す。が、そこから先へ足が動かなかった。早く持って行ったほうがいいのに、どうも部屋に戻るのを億劫《おっくう》に感じてしまう。

何もせずにいるのは嫌。そう思いながらも、心のどこかで汐と関わるのを恐れている自分がいた。俺の浅慮で汐を傷つけてしまうのが怖かった。

俺がよかれと思ってやっていることは、汐にとって迷惑でしかないのかも——そう考えると、足が竦《すく》んだ。何もしないほうが、汐のためになるんじゃないかとさえ思った。

「クソ、なんなんだ……」

麦茶のペットボトルが、べこ、と音を立てた。無意識に手に力が入っていた。俺は空いたほうの手でぼりぼりと頭をかき、気を改める。

そのとき、ちりん、と風鈴の音がした。網戸にした居間の窓から風が入り込んでいる。湿気の少ない、さらりとした風だった。

もうすぐ夏休みも終わりか。心の中でそう呟《つぶや》いて、俺は今度こそ部屋へ向かった。

第四章　ロミオと自己嫌悪

九月一日。

今日から二学期が始まる。

おそらく多くの生徒がそうであるように、夏休み明けの登校は気が重かった。まだまだ残暑が厳しく、朝から元気にセミが鳴いている。

こめかみを伝う汗を拭《ぬぐ》いながら昇降口に入ると、下駄箱の前に華奢《きゃしゃ》な背中を見つけた。うだるような暑さのなかでも、冷涼な印象を崩さないその後ろ姿は、汐《うしお》のもので間違いなかった。

靴を脱いで俺がすのこに上がると、足音に気づいたのか、汐は振り返る。

「あ、おはよう」

「おう」

ほんの数日前にも汐は俺の家を訪れていたので、久しぶりという感覚はない。いつもどおりに挨拶《あいさつ》を交わし、二人で教室に向かう。

廊下を歩いていると、夏休み明けの定型句のように「焼けた?」と訊《き》き合う生徒たちの声が耳を掠《かす》めた。

俺は横を歩く汐《うしお》を目だけで見やる。相変わらず冴《さ》え冴えとするほど肌は白く、無遠慮に触れたらそこから変色してしまいそうな繊細さがあった。白桃が頭に浮かぶ。

「……何?」

すっと汐が自分の腕を抱く。見ていたのがバレていた。失礼だったなと思い、慌てて視線を前方に戻す。

「や、悪い。日焼けとかしないのかなーと思って」

「するよ。肌、そんなに強くないから赤くなるだけだけど」

「あー、そういやそうだったな」

小学生の頃《ころ》だったか。汐から聞いた記憶がある。

「咲馬《さくま》もあんまり焼けてないね」

「まぁ、俺はほとんど家にいたからなぁ」

「もっと運動したほうがいいんじゃない？　太るよ」

そうかな、と曖昧《あいまい》に答えながら、俺は自分の腹を押さえる。そこまで贅肉《ぜいにく》はついていないが、腹筋が割れているわけでもない。筋トレを試みた時期もあったが、一か月ほどでやめた。秋になると体育大会もあるし、また始めてみてもいいかもしれない。と、その前に文化祭があったっけ。

――咲馬に優しくされるの、しんどいな。


不意に、汐の言葉が脳裏をよぎる。

汐に頼まれたように、俺は努めて「聞かなかった」ことにしていた。汐も、発言した直後は明らかな動揺を見せたものの、すぐ今までどおりに振る舞っていた。

表面上は元通りだ。けど汐の言葉は喉《のど》に刺さった小骨のように時たま存在を主張し、痛みの信号を発する。積極的に取り除こうとしたほうがいいのか、それとも、自然と消化されるのを待てばいいのか。今のところ、後者を期待している。だがそれが正しい選択なのかは、さっぱり分からない。

2―Aの教室に足を踏み入れる。中はセミの声に負けじと騒がしく、クラスメイトたちの活気がむわりと身体《からだ》を包み込んだ。

教室の真ん中辺りに、星原《ほしはら》がいた。他の女子たちと会話に花を咲かせていたが、俺たちに気づくと、微笑《ほほえ》んでさりげなく手を振ってくれた。

俺と汐も、こっそり振り返す。

星原とのあいだに溝は感じない。仲睦まじい、とさえ表現できると思う。だが目に見えないところで、何かが決定的に変わってしまったような気がしていた。

相変わらず、不確かで、分からないことばかりだった。それでも俺たちは、まだ関わることができている。たとえ薄氷の上に成り立つ関係だとしても、俺は足を止めるつもりはない。

自分の席に鞄《かばん》を置いて、黒板上の時計を見る。

今日はこれから始業式だ。

＊

「ということで、文化祭の出し物はロミオとジュリエットに決定しました～！」

教壇に立つ伊予《いよ》先生は「わ～、ぱちぱち～」と言いながら手を叩《たた》く。

始業式が終わると、教室でＬＨＲが始まった。先生の挨拶《あいさつ》なり課題の提出なりが済んだあと、一〇月に行われる文化祭の話になり、そこで2－Ａの出展内容が発表された。クラスメイトたちの反応はまちまちだったが、伊予先生は一人で盛り上がっていた。

「いや～いいね、ロミジュリ。先生、みんなの演技が楽しみだよ」

「先生は出ないんですかー？」

一人の男子が茶々を入れる。すると伊予先生は、腕を組んで大げさに考える素振りをした。

「え～どうしよっかな～？　出たほうがいい？　出るとしたら何役がいいと思う？」

伊予先生が問いかけると、至るところから「ジュリエット！」と声が上がった。大半は冗談で言っているようだが、中には真面目《まじめ》に推してそうな女子もいた。

いや、さすがに先生がヒロインをやるのはまずいだろ……と思ったのは伊予先生も同じのようで「あはは」と笑い飛ばす。

「文化祭は生徒が主役だから、残念だけど先生は参加しません！　ていうか君たち、ロミオとジュリエット以外の登場人物知らないんじゃない？」

言われてみればたしかに、タイトルになったその二人しか知らない。なんなら有名なセリフとラストシーン以外に把握している部分はほとんど皆無といってもいい。周りを見てみても、大体俺と似たような感じだった。

「なんかおじいさんっぽいのがいた気がする」「全然知らね」「逆にロミオとジュリエット以外に誰か出てくんの？」「ガストンって人いなかったっけ」「それ美女と野獣でしょ」「ロミジュリってディズニー？」「バカ、シェイクスピアだよ」

雑多な声が入り交じる。脱線が著しくなってきたところで、ぱんぱん、と伊予先生が手を叩いた。

「はいはい、静かに。やっぱりみんなもよく知らないよね。先生もよく覚えてなかったし。そこで、今日はいいものを持ってきました」

そう言って、教卓の上にＤＶＤケースと紙の束を置く。

「三年前の文化祭でロミオとジュリエットをやってたみたいだから、録画したＤＶＤを借りてきたの。あと、脚本も。これでストーリーとキャラはばっちり！」

今から観《み》るんですかー、と一人の男子が先生に訊《き》く。

「もちろん。テレビから遠い人は移動してね」

伊予《いよ》先生はケースからＤＶＤを取り出し、テレビ台の下にあるプレーヤーに挿入する。教室の端っこにあるテレビはあまり大きくないので、クラスメイトたちはこぞって椅子《いす》を引きずり近くへ寄った。

テレビの画面に、暗い体育館の中が映し出される。

『舞台は花の都ヴェローナ。長年いがみ合ってきたモンタギュー家とキャプレット家は、今日も町の中で諍《いさか》いを起こしていた――』

ナレーションとともに舞台の幕が上がる。衣装に身を包んだ役者が、スポットライトに照らされ舞台に登場した。それからテンポよくストーリーは進行していく。

なんというか、印象に残るシーンを繋《つな》ぎ合わせただけで、話の整合性はあまり取れていなかった。おそらく本来の脚本をかなり端折《はしょ》っている。まぁ文化祭の演劇に高いクオリティは求められないから、こんなもんでいいのだろう。

『――太陽は姿を消し、町は悲しみに閉ざされた。恵まれぬ恋の物語は、こうして幕を閉じる』

およそ二〇分ほどでＯＢの演技は終わった。

伊予先生がテレビを消し、生徒たちに自分の席に戻るよう呼びかける。みんなが席に着くと、教卓の上に置いていた脚本のコピーを配り始めた。

「脚本も演出もＯＢのものだから、しっくり来なかったら君たちで勝手にアレンジしてもいいよ。こういうのは、観てる人にウケたらそれでオッケーだからね」

脚本のコピーが全員に行き渡ると、伊予先生は「よし」と満足げに頷《うなず》いた。

「じゃ、今日はもうこれで終わり……にするつもりだったんだけど、ちょっと時間余っちゃったね。どうしよっか？」

次のチャイムが鳴るまで一〇分ほどある。伊予先生の問いかけに応じるように、教室はまた騒がしくなった。「もう帰んない？」とか「席替えしよ」みたいな案が飛び交う中で、「キャスティングどうすんの？」と誰かが言った。

伊予先生が反応する。

「あ、そうだね。どうせだしキャスティング考えてみよっか。誰か希望ある？　今なら早い者勝ちだよ～」

周りはざわざわと賑《にぎ》やかになるだけで、立候補する者は一向に現れない。みんな様子見しているように思えた。演劇に興味はあるものの、自分が主体になることを恐れて、先導する者を待っている。そういう状況だ。

「誰もいないのー？　みんな好きな役やっていいんだよ。過去には女の子同士でロミオとジュリエットをやったクラスもあるみたいだし」

状況は変わらず。

まぁそう急ぐもんでもないか、といった様子で伊予《いよ》先生が諦《あきら》めかけた、そのとき。

「あ、あのっ」

一人の女子が手を挙げた。

あのくせ毛の女の子は、たしか……七森《ななもり》さんだ。立候補だろうか。自己主張が苦手な印象があったので、意外だった。

「あ、えっと、私が何役をやりたい、ってじゃなくて、やってほしい人がいまして……」

「推薦ってこと?」

伊予先生が確認すると、七森さんは小刻みに首を縦に振る。小動物みたいな挙動だった。

七森さんは、すぅ、と息を吸い、

「槻ノ木《つきのき》さんに、ジュリエットをやってもらいたい……です」

と言った。

直後、教室に波紋が広がる。やる気のなさそうにしていたクラスメイトも顔を上げ、七森さんに目をやった。だが一番驚いたのは、名前を呼ばれた本人だろう。

「ぼ、ぼく?」

汐《うしお》は目を丸くしていた。

七森さんは汐に向かってこくこくと頷《うなず》き、机の上で両手を遊ばせる。

「その、私、被服部に入ってて、衣装とか作るのが好きなんですけど……槻ノ木さんは、ドレスとか、すごく似合うんじゃないかって思って。だから、槻ノ木さんがやるジュリエットを見てみたい、と言いますか。あ、もちろん無理にとは言いませんけど！」

しどろもどろな喋《しゃべ》り方。やはり七森さんは注目されることに慣れてなさそうだ。だが彼女の声には、たしかな熱があった。自分の苦手を押しのけてでも、汐をジュリエット役に推したかったのだろう。

だがあくまで推薦だ。当然、決定権は推された本人にある。

汐のほうに目をやろうとしたら、ガタッ、と勢いよく椅子《いす》を引く音が聞こえた。

「それ、めっちゃいい！」

声を上げたのは星原《ほしはら》だった。立ち上がり、興奮気味に七森さんのほうを向く。

「私も賛成！　汐ちゃん綺麗《きれい》だから絶対に似合うよ！」

同志を見つけた七森さんは、ぱぁ、と顔を輝かせる。

「だ、だよね……！　槻ノ木さん、スタイルいいからどんな服でもちゃんと着こなしてくれそうだし、舞台に立ったらすごく映えると思う……！」

意気投合する星原と七森さん。二人に感化されたのか、「たしかに似合いそう」「私も見てみたいな」と賛同する声が聞こえてきた。共感を示しているのは主に女子だ。男子のほうはあまりピンと来ていない様子だが、否定的な空気は流れていなかった。

ただ、教室で一人、露骨に渋面を作っている者がいる。脱色した髪をツインテールにしているあの女子は、西園《にしぞの》だ。何か言いたげだが、今は伊予《いよ》先生がいるせいか口を噤《つぐ》んでいた。一学期の頃《ころ》は所構わず汐《うしお》に暴言を吐いていたが、夏休みを挟んで少しは丸くなったのかもしれない。

「うーん……汐はどう思う？　時間はあるからそんな急いで決めなくてもいいけど」

伊予先生が問うと、汐は顎《あご》に手を添えて考え込むような顔をした。

クラスのみんなが汐の返事を待っている。やがて汐は、踏ん切りがついたように顔を上げた。

「じゃあ、やってみます」

おお、と歓声が上がる。

星原《ほしはら》は満足そうに腰を下ろし、七森《ななもり》さんは嬉《うれ》しそうに両手を合わせた。

「ありがとう、槻ノ木《つきのき》さん。あの、私、衣装作り頑張るね！」

「うん。楽しみにしてるよ」

汐は七森さんに微笑《ほほえ》みかける。思わず頬《ほほ》が緩んでしまうような優しい笑《え》み。だが俺は、汐の笑顔にどこか悲しげな影を見た。ほんのわずかな感情の発露だが、おそらく気のせいではない。

——もしかして。

「じゃ、ロミオ役も決めちゃおっか」

自分の疑問に確証を得られないまま、キャスティングは続行される。

＊

それから数分もせずLHRは終わり、下校の時間となった。久しぶりに俺と汐と星原の三人で帰路につく。

「まさか紙木《かみき》くんがロミオになるなんてね！」

校門を抜けてすぐのところで、星原が自転車を押しながら言った。

そう。ロミオ役は俺が演じることになった。一人の男子が「紙木がやれば？」と提案してきて、結果的に俺は応じた。

「本当によかったの？　実行委員の仕事もあるのに……」

隣を歩く汐が、不安そうな眼差《まなざ》しを向けてくる。

俺は元々ロミオをやりたかったわけではないし、断ろうと思えば断ることもできた。そうしなかったのは、俺自身が納得したからだ。汐がジュリエットをやるとしたら、ロミオは俺になるだろうな、と。

これはよくない想像だが、俺以外の生徒がロミオに立候補するビジョンが、どうしても見えなかった。もし俺が断れば、ロミオのキャスティングは難航していたかもしれないし、そうなると汐がいたたまれない。だから、俺がロミオをやることにした。

もちろん不安はある。ただでさえ人前に立つことに慣れていないのに、大勢の前で演じることになると思うと、少し気が遠くなる。それでも汐のことを考えると、ロミオ役を断る気にはなれなかった。

汐《うしお》の言うとおり、実行委員の仕事もあるが、そこは、

「まぁ、なんとかなるだろ」

「楽観的だなぁ」

汐が呆《あき》れたように言うと、目の前を赤とんぼが横切った。

まだじめっとした暑さは残るが、暦の上では秋だ。「よい子はおうちに帰りましょう」のチャイムは五時半に流れるようになったし、田んぼに目をやれば、頭《こうべ》を垂れ始めている稲穂がちらほら見える。どこかで野焼きでもしているのか、かすかに煙の匂《にお》いがしていた。

「そういや最近、世良《せら》を見ないな」

言ってから、ちょっと後悔する。自分で言っといてなんだが、あいつの話題は出したくなかった。嫌《いや》な記憶ほど忘れにくいもので、覚えているからこそ、つい口を衝《つ》いてしまうことがある。

「世良なら新しい彼女ができたみたいだよ。今はその子に夢中なんじゃないかな」

汐が答えた。知っていたとは思わなかったので少し驚く。

「それ、世良から聞いたのか?」

「うん。メールで」

「へー。ていうか、世良とアドレス交換してたんだな」

「まぁね。世良が一方的にメール送ってくるだけで、たまにしか返信しないけど」

たまにはするのか。何を話すんだろう。というか、星原《ほしはら》が渋い顔をしそうな情報だな……

と思ったら、

「世良くんに彼女ができたのはいいことなんじゃない？」

と、意外と前向きな反応を見せた。

「こうしてまた、三人で帰れるようになったんだしさ」

星原はニッと笑う。つられて俺も、笑《え》みが漏《も》れた。

傍《はた》から見れば、そこに映るのはありふれた青春の一ページだ。

だけど何気ない談笑の最中に、ふと言葉に詰まる瞬間がある。俺だけではなく、汐も、そして星原も、同じ経験をしたことがあるんじゃないだろうか。俺たちのあいだには、邪魔ではないけど、できればあって欲しくないような、そういう異物が横たわっている。

俺の気のせいならそれでいい。

けど、そうじゃないなら……いつか、その異物を取り除くか、ちゃんと受け入れたかった。

「──紙木《かみき》くんもそう思うよね！」

と、考え事をしていたら、いきなり話を振られた。

「え、あ、ごめん。聞いてなかった」

んもー！　と星原が怒る。俺は反省しながら、怒り方も可愛《かわい》いなとつい思ってしまう。

「ちゃんと聞いててよ～、汐《うしお》ちゃんがジュリエットをやるって話。絶対いい舞台になるよね」

「あー、うん……そうだな」

俺が同意すると、星原《ほしはら》は満足したように頷《うなず》いた。そしてキラキラした目で宙を見つめる。

「汐ちゃんのドレス姿、楽しみだなぁ……どんな服になるんだろ」

「夏希《なつき》はさ」

汐が、星原の顔を覗《のぞ》き込むように首を傾げる。前髪がさらりと流れ、少しだけ顔にかかった。

「ジュリエット、やりたいとは思わなかったの？」

星原は目をぱちくりさせたあと、いやいやと苦笑しながら首を横に振った。

「私じゃ似合わないよ。こんな、ちんちくりんだし……」

「そうかな？　夏希のほうが女の子らしくて可愛《かわい》いし、キャラ的にも合ってる気がするけど」

「えー、どうだろ……？」

星原は顔を朱に染めながら、口元をにょによと緩ませる。だが太陽に雲がかかるように喜びの感情は薄れていき、どこか寂しげな顔をした。

「それでも、ジュリエットは汐ちゃんのほうがいいよ」

ぽつりと、吐露するように星原は言った。

「私がやったら、ジュリエットの汐ちゃんが見られなくなっちゃうもん。それに、むかしはお姫様役になりたかった、って汐ちゃんから聞いてたからさ」

それは俺も覚えている。シンデレラ役に立候補したら先生に取り下げられた――という話を、汐の家に訪問した際、星原と一緒に聞いた。

役どころは異なるが、シンデレラもジュリエットも「お姫様役」であることに変わりはない。今の状況は、汐にとってかつての無念を晴らすチャンス。星原は、そう考えたのだろう。

「覚えてたんだ」

汐は感心したように言う。

「うん。最初に提案してくれたのは七森《ななもり》さんだけど、私も汐ちゃんがジュリエットになったらいいなって思ってた。ちょっと押しつけがましい気もしたけど……」

自信なさげに声が先細りしていく星原に、汐は優しく微笑《ほほえ》みかけた。

「……大丈夫。ジュリエット、頑張るよ」

ぱっと花が開くように星原は笑《え》みを浮かべ、「うん！」と大きく頷いた。

「すっごく応援してる！」

はきはきした声に、眩《まぶ》しいほどの笑顔。やっぱり、星原は怒っているよりも笑っているほうが可愛い。

それからダラダラと、取り留めのない談笑に興じる。夏休みの課題が大変だったとか、お盆に親戚《しんせき》の家に行ったとか、そういう話をしているうちに、星原との分かれ道に着いた。

「じゃあ、また明日ね！」

元気よく別れを告げ、星原《ほしはら》は自転車に乗って自分の帰路についた。

俺と汐《うしお》だけになり、二人で並んで歩く。

星原と別れてから、急に静かになった。居心地の悪い沈黙ではない。セミの鳴き声や、近くの団地で遊ぶ子供たちの声が、耳に届く。

俺は横目で汐を窺《うかが》う。

凜《りん》とした表情で、目線は前を向いている。背筋は、頭のてっぺんから糸で吊《つ》るされたみたいにピンと伸び、何かのお手本みたいに姿勢がいい。だからだろうか。俺には今の汐が、何か、丁寧に取り繕っているような印象を受けてしまった。

「一つだけ、訊《き》いてもいいか？」

「何、改まって。別に好きなだけ訊いたらいいよ」

歩きながら、俺は自転車のハンドルを握る手に少しだけ力を込める。

「もしかしてなんだけど、ジュリエット、あんまやりたくなかった？」

汐は足を止めた。

遅れて、俺も立ち止まる。

「……どうして？」

汐は真顔で問いかける。感情の見えない反応に、俺はちょっと焦る。

「あ、いや、違ってたら悪い。最初は、やるべきだと思ってたんだよ。星原と同じで、むかしはシンデレラをやりたかったって聞いてたから。でも……」

　ひと呼吸置いてから、俺は続ける。

「ジュリエットに推されたときの汐、なんか、浮かない顔してるように見えたんだ。それでよくよく考えてみたら、汐がシンデレラになりたかったのって小学三年生の頃《ころ》の話で、今も同じとはかぎらないよな、って思ったんだよ。俺も、小さい頃は仮面ライダーとかに憧《あこが》れてたけど、今やれって言われたらたぶん断るし……。あ、もちろんこれはジュリエットをやらないほうがいいって話じゃなくてさ。なんつうか、汐はどう思ってんのかなって……」

　途中から自信がなくなり、歯切れの悪い締めになってしまった。

　俺が喋《しゃべ》り終わったあとも、汐は真顔だった。無言でじっと俺を見つめている。何かまずいことを言ってしまったかもしれない、と胃がキリキリと痛んだ。

　何か言ってくれよ、と心の中で懇願した直後、汐はふっと鼻で笑った。

「いろいろ考えてるんだね」

　子供の拙《つたな》い仕事を、大人が褒めるような言い方だった。俺は急に恥ずかしくなってくる。

「いや、まぁ……ど、どうだろ」

「……そうだね」

　汐は自転車のスタンドを下ろし、サドルに腰掛けた。その行動が「ゆっくり話そう」という意思表示に見えたので、俺も同じようにして、汐の隣に並んだ。

陽《ひ》の光に目を細めながら、汐《うしお》は西の方角を見つめる。

「大体、咲馬《さくま》の言うとおりだよ。たしかに昔はシンデレラみたいなお姫様役に憧《あこが》れてたけど、今はもう高校生だからね。さすがに昔ほどの魅力は感じてない。だから七森《ななもり》さんに推薦されたとき、正直戸惑った。夏希《なつき》が賛同してちょっと断りにくい空気が出てたから、ついやりますって言っちゃったけどね」

汐は苦笑する。

断りにくい空気は、俺も少し感じていた。もし汐が七森さんの推薦を断っていたら、汐は周囲の期待を裏切ることになり、クラスメイトから勝手に失望されていたかもしれない。そう考えると恐ろしい話だ。

「やっぱり、やりたくなかった?」

おそるおそる問うと、汐は目を伏せた。長いまつ毛が、目の下に影を落とす。

「……まぁ、正直、あんまり乗り気じゃなかった」

さあ、と冷たい血が全身を巡った。汐から不穏な気配を感じ取りながら、何も言わなかった自分の不甲斐なさに、嫌気《いやけ》が差した。

「無理してやることはない。ジュリエットを降りよう。ちゃんと説明すればみんな納得してくれるはずだ。それに星原《ほしはら》だって、無理して薦《すす》めたかったわけじゃ――」

「ちょ、待って」

汐が慌てた様子で遮《さえぎ》る。

「乗り気じゃなかった、ね。過去形だよ、過去形」

「あ……そ、そっか」

早とちりした。自己嫌悪に代わって羞恥心《しゅうちしん》が湧《わ》いてくる。ちゃんと人の話を聞け、と内心で自責した。

「今は、迷ってる。周りの反応はそんなに悪いものじゃなかったし、夏希も、お世辞で言ってる感じじゃなかった。あんなに力説されたら、まぁ、少しはやってみようかなって気になるよ。でも……」

汐は太ももの上に視線を落とす。

「それと同じくらい、やりたくない気持ちもあるんだ。周りの人がどんな反応するか分からないし、文化祭はたくさんの人が見に来る。もし笑われたりしたらって考えると……不安になるよ。どうしたいか、自分でもよく分からなくて……」

助けを求めるように、汐は俺を見た。

「咲馬は、どっちがいいと思う？」

言うまでもなく、大事なのは汐の意思だ。けどその汐に意見を求められたのなら、俺の答えは決まっていた。

「俺は……やったほうがいいと思う。大丈夫、誰も笑わねえよ」

「ほんとに？」

「ああ。むしろ見せつけてやろうぜ。椿岡《つばきおか》高校にはこんな美人がいるんだぞってな」

自信満々に言ってやると、汐《うしお》は鼻の頭をかいて、俺から目を逸《そ》らした。耳の先がほんのり赤くなっている。

「……じゃあ、頑張ってみるよ。ジュリエット」

「ああ。俺も汐の足引っ張らないよう頑張るよ」

そう言って、互いに笑《え》みを交わす。

湿っぽい空気にならなくてホッとした。汐がジュリエットを演じれば、きっといい舞台になる。

「ありがとね、咲馬《さくま》」

「いいよ。別に何もしてないし……」

ううん、と汐は首を振る。

「もし咲馬に訊《き》かれなかったら、モヤモヤしたままジュリエットをやってたかもしれないから。察してくれたの、嬉《うれ》しかったよ」

「いや、そんな……」

お礼を言われるのはもどかしかった。本当に、何も大したことなんてしていない。むしろ汐は、キャスティングの段階で何も言わなかった俺を咎《とが》めてもいいくらいなのだ。

俺がなんともいえない気持ちでいると、汐は「それに」と言って、少しだけ頭を垂れた。そして独り言のように続ける。

「ロミオ役が咲馬で、ちょっと安心した」

ちょっとね、と繰り返し強調して、照れくさそうに笑う。

俺はまた、反応に困ってしまった。嬉しいっちゃ嬉しい。けど素直に喜んでいいのか分からなかった。

汐はサドルから腰を上げると、迷いが晴れたように背伸びをする。もう話は終わりみたいだ。かと思ったら、「あ、そうそう」と思い出したように言って、俺のほうを向いた。

「夏希《なつき》のこと、ちゃんとフォローしてやりなよ。同じ実行委員なんだからさ」

「あ、ああ。それは、もちろん」

話題転換が少々急だったので、たどたどしい返事になってしまった。

「頑張りなよ」

肩をポンと叩《たた》くように優しく言う。汐はスタンドを上げ、そのまま歩みを進めた。

俺もスタンドをガシャンと蹴《け》り上げ、小走りで汐のあとを追いかけた。

＊

今日から実行委員のミーティングが始まる。

俺と星原《ほしはら》はミーティングに出席するため、視聴覚室に向かっていた。ミーティングがいつ終わるか分からないので、汐《うしお》とは先に教室で別れている。

「紙木《かみき》くん、猫背になってるよ」

「ん」

星原に指摘されて、俺は背筋を伸ばす。姿勢にダメだしが入るとは。よほど見苦しかったのだろうか。

別に、普段からそこまで姿勢が悪いわけではない……と自分では思っている。今日は他クラスの実行委員と初の顔合わせで、気が滅入っていた。基本、人見知りなので、今回みたいな会合には無駄に緊張してしまう。

「こういうのは第一印象が大事だからね。しゃんとしなきゃボコボコにされちゃうよ？」

「されないだろ」

一体どこのヤンキー校だ。

どうも気が進まない俺とは対照的に、星原はやる気に満ちていた。

以前から疑問に感じていたが、星原はどうして実行委員に立候補したのだろう。彼女の性格からして、内申点目当てということも考えにくい……ってこともないか。普通にあり得るな。

隣にいるんだから訊《き》いてみるか、と声をかけようとしたところで、視聴覚室が見えてきた。

まぁ理由はいつでも訊ける。俺は口を噤《つぐ》み、そのまま歩いて視聴覚室に入室する。

入って左手にスクリーンがあり、俯瞰《ふかん》すると「コ」の形に長机が並べられている。すでに半分くらいの席が埋まっていた。パイプ椅子《いす》に座る他の実行委員たちは暇を持て余している様子だ。教室の隅っこには、見るからにやる気がなさそうな化学の飯田《いいだ》先生が、壁に寄りかかってあくびを噛《か》み殺していた。

「学年とクラスは？」

と、スクリーンの前に立つ男子が俺たちに問いかける。見覚えのある顔。たしか生徒会長だ。生徒会も文化祭の運営に参加するんだっけな、と去年のことを思い出しながら、俺は「二年A組です」と答える。

生徒会長は空席を指し示した。俺と星原は会釈して、指定の席に座る。

時刻は四時を少し過ぎている。どうやらミーティングは全クラスの実行委員が集まり次第始まるようだった。

知っている人がいないか辺りを見渡していたら、右方から刺すような視線を感じた。角に座る一人の男子が、不機嫌そうに頬杖《ほおづえ》をついて俺にガンを飛ばしている。俺は慌てて目を逸《そ》らしたが、それでも向こうは睨《にら》み続けた。

な、なんだ一体。怖いんだけど……。

睨まれる理由は分からないが、あいつの名前は知っている。

ひと目で運動部と分かる浅黒い肌に、切れ長の目。かつて汐《うしお》が所属していた男子陸上部の、能井風助《のいふうすけ》だ。汐が初めて女子制服を登校してきた日に、A組の教室に乗り込んできたことは記憶に新しい。

汐とは確執があるようだが、俺とはまったくの無関係だ。今まで一度も話したことすらない。怖いから目を合わせないようにしよう。

ビクビクしているうちにも、他クラスの実行委員が続々とやってくる。そして最後の実行委員が視聴覚室に足を踏み入れた。

「ありゃ、もう始まってる感じですか?」

うげえ、となる。

人たらしの笑《え》みに、垂れ目が印象的な甘いルックス。

世良《せら》だ。世良慈《いつく》。あいつがD組の実行委員らしい。もう一人の女子はすでに来ていて、世良が一人だけ遅れて来た。よく見れば、片手に飲みかけのカフェオレがある。

「早く席に着きなさい。あと視聴覚室は飲み食い禁止だ」

「あ、ごめんなさーい」

生徒会長が注意すると、世良はその場でカフェオレを飲み干した。紙パックを近くのゴミ箱に投げ捨て、悠々とした足取りで空いた席へと向かう。

その途中、俺と目が合った。世良は一瞬目を見開いたあと、にやあ、と獲物を見つけたように笑った。

最悪だ、と俺は思った。

実行委員の面々で軽い自己紹介を済ませたあと、部屋のカーテンが閉め切られた。部屋中央のプロジェクターから、パワーポイントで作った資料がスクリーンに映し出される。内容は主に実行委員の手引きだ。

最初に仕事内容が、一覧で表示される。出し物の進捗《しんちょく》管理、生徒会への報告、文化祭当日の運営、その他諸々。次に、過去の文化祭で起きたアクシデントや、雨天時の計画などが並ぶ。なかなか本格的なガイドラインだった。

スクリーンの映像が終了すると、生徒会長が部屋の明かりを点《つ》けた。

「今ので仕事内容はなんとなく掴《つか》めたと思います。そこで早速ですが、今から役職を決めていきます。まずは実行委員長から。誰かやってみたい人は？」

手を挙げる生徒はいなかった。

数ある役割のなかで、実行委員長は最も責任重大で、仕事も多い。それはさっき映し出された資料でよく伝わった。忌避されるのは自然だ。

とはいえ、ここに集まる生徒の中には、自らの意思で実行委員になった者も少なくないだろう。なら一人くらい、持ち前のリーダーシップを発揮して、実行委員長に立候補する人が現れてもおかしくない。もう少し待ってみれば、誰かが手を挙げるのでは。

と思った矢先に、一人の生徒が手を挙げた。

星原《ほしはら》だった。

「実行委員長、やってみたいです」

簡潔に言って、星原は手を下ろす。

こ、これは……かなり驚いた。正直まったく予想していなかった。実行委員のみならず、実行委員長にまで立候補するとは。一体何が星原を突き動かしているんだ。

「いいね～夏希《なつき》ちゃん。応援してるよーがんばれー」

世良《せら》が横から茶々を入れる。星原は苦笑いで返してから、顔を引き締めた。

「えっと、二年A組の星原夏希です。精一杯がんばりますので、よろしくお願いします！」

まるで面接の挨拶《あいさつ》みたいに、星原は深くお辞儀《じぎ》する。

飯田《いいだ》先生も生徒会長も、異論はないようだった。快く星原を迎え入れ、拍手する。周りの生徒もそれに合わせたので、とりあえず俺も手を叩《たた》いた。

星原はぺこぺこと周囲に頭を下げてから席に着く。ひと仕事終えたみたいに、ふぅ、と息を漏《も》らしていた。

生徒会の書紀担当が、ホワイトボードに『実行委員長：星原』と書き込む。

「なら、次は展示班を――」

その後も順調にミーティングは進み、実行委員の全員がなんらかの役職に割り当てられた。

俺は運営班についた。俺のクラスでは後々演技の練習が始まるので、忙しくなることを見越して一番楽そうな役職を選んだつもりだ。

「では、今日のミーティングはこれで終了となります。みなさん、お疲れ様でした」

生徒会長が締めの挨拶をして、解散となった。時刻は五時半を回っている。

めいめいが荷物をまとめて席を立つ。俺も立ち上がろうとしたら、奥からやってきた能井《のい》が俺の前で足を止めた。

能井は何も言わず、冷たい目で俺を見下ろしている。内心ビビりながら、俺は言葉を絞り出す。

「な、なんだ？」

「お前さ、汐《うしお》とどういう関係なの」

その一言で、能井が俺を睨《にら》んできた理由を察することができた。やはり、汐が関係しているのか。

俺は立ち上がる。長身で引き締まった体つきの能井は、間近で見ると迫力があった。座っていようが立っていようが、俺が見下される形に変わりはない。むしろ立ち上がったことで身長差が如実になったので、座ったままのほうがよかったな、と俺はひそかに後悔した。

「別に、ただの幼馴染《おさななじみ》だけど」

「ふうん」

冷めた相槌《あいづち》。納得のいく答えではなかったらしい。

「お前、よく汐《うしお》と一緒にいられるよな」

ざわ、と心臓が波打つ感じがした。

「どういう意味だよ」

「気持ち悪いだろ、あいつ。男なのに女の格好してて。一緒にいて変な目で見られないか？」

あー……。

様々な思いが一瞬で脳裏をよぎる。ここは怒るべきなのだろうが、俺は無性《むしょう》に悲しくなってしまった。

陸上部に所属していた頃《ころ》の汐は、短くない時間を能井《のい》と過ごしてきたはずだ。なら今の発言から分かるような、能井のさりげない偏見と無理解に触れたことも、何度かあったのだろう。

そこに悪意がないとしても、汐が傷ついたことは、おそらく一度や二度ではない。

自身の無理解で汐を苦しめたのは——もしくは苦しめているのは、俺も同じかもしれない。

でも、俺はこいつとは違う。

「……詳しい理由は知らないけど」

俺は下から能井を睨《にら》む。

「汐が陸上部を辞めたのは、正解だったな」

「あ？」

能井の眉間《みけん》に力が入る。

俺は退《ひ》かない。身じろぎひとつしないことで、自分の正しさを主張する。

睨み合いは、「あ、あの！」と星原《ほしはら》が声をかけるまで続いた。

俺と能井は同時に振り向く。

「今のは……の、能井くんが悪いよ」

ぷるぷる震えながらも、加勢に来てくれた。

能井は苦虫を噛《か》み潰《つぶ》したような顔をして、大きく舌打ちする。

「しょうもな」

そう吐き捨てて、去って行った。

俺はその場に崩れ落ちそうになる。落ち着いて周りを見てみると、何人かの実行委員と飯田《いいだ》先生がこちらを凝視していた。問題に発展しそうになれば、あいだに入るつもりだったのかもしれない。ともあれ一段落だ。

「能井くん、感じ悪かったね……」

「ああ……ほんとに、なんなんだろうな……」

と言ったものの、能井が汐に対して複雑な感情を抱いていることは察していた。おそらく、普通に男として高校生活を送っていた頃《ころ》の汐《うしお》と最も距離が近かった男子は能井《のい》だ。一緒にいた時間が長かった分、汐の告白を受け入れられずにいるのだろう。気持ちは分かるが、汐を侮辱するのは違う。だから、同情はできない。

あまり関わりたくないな、と思っていたら、「まったくだね」と星原《ほしはら》ではない人物が横から言った。

「ひどいこと言うよねぇ。僕も絡まれないよう気をつけなきゃ」

「……」

声をかけてきたのが世良《せら》じゃなければ、俺も星原も素直に頷《うなず》いていた。

「お前に同情されてもな……」

「えー？　つれないなぁ。せっかく同じ実行委員になったんだから仲よくしようよ。あ、なんで僕が実行委員になったのか聞きたい？」

「いや、別に」

「なんか授業サボったら知らないうちに実行委員に選ばれててさ〜超ウケた」

「あっそう」

「うわっ、冷めてるな〜。あ、そうだ。これから三人でお茶でも行かない？　しばらくぶりで積もる話とかあるだろうしさ。ポテトでも囓《かじ》りながら語り明かそうぜ。とりあえず駅前まで競走ね、負けた人が奢《おご》りだから」

こいつ、ほっとけば無限に喋《しゃべ》りそうだな。

そばにいる星原が、さっきからしきりに出入り口のほうを見ている。早く帰りたそうだ。さっさと世良を引き剥《は》がさないと。

「俺は帰るから、お前も帰れ。一人でな。それじゃあ」

世良に背を向け、星原に「帰ろう」と目配せする。そのまま二人で視聴覚室を後にしようとしたら、

「やっぱり、夏希《なつき》ちゃんと二人で帰るんだ」

と、世良が耳にこびりつくような声で言った。

背を向けていても、世良の歪《ゆが》んだ笑《え》みが正確に想像できた。鼓膜に残る不快感は、脳に浸透して不安に変換される。見られたくないものを、見られてしまったような感覚。しかし俺は、聞こえなかった振りをした。

星原と学校を後にすると、外は日が暮れ始めていた。西の空が真っ赤に燃えていて、田んぼの上を数匹のコウモリが飛んでいる。東の方角から、ほのかに秋を感じさせる乾いた風が吹いていた。

「前途多難だなあ」

星原が呟《つぶや》く。おそらく能井や世良のことを思い出している。

「まぁ、応援してるよ。実行委員長」

「うわ～～人に言われるとプレッシャーがすごい」

うえぇ、と星原《ほしはら》はわざとらしい泣き真似《まね》をする。冗談交じりにやっているが、声音《こわね》には不安が宿っている。

「でもまぁ、びっくりしたよ。星原が立候補するなんて」

「あー、うん。私もびっくりした。普段あんなことするタイプじゃないからね」

恥ずかしそうに笑う星原。自覚はあったのか。

「実行委員長、前からやってみたかったのか？」

「んーん、そんなことないよ。むしろ一年生の頃《ころ》は、私にはああいうの無理だなー、って思ってた」

「じゃあ、どうして立候補したんだ？」

素朴な疑問を口にすると、星原は心なしか寂しそうな顔をした。

「なんか、このままじゃダメだなって思ったの。ほら、私ってよく人任せにしちゃう癖あるでしょ」

そんなことないよ、と否定できたらいいのだが、残念ながら思い当たる節《ふし》が多々ある。

「……まぁ、少しだけ」

「夏の定期考査のときだって、紙木《かみき》くんに一位取ってってかなり無茶振りしてたからね。紙木くん、よく受けてくれたよね。しかも一位取っちゃうし。ほんとすごいよ。私なんか八一位だもん……」

「あ、よくなってるな。たしか前は一七六位だったろ」

「なんでそんな細かいこと覚えてるの!?　忘れてよ～、恥ずかしいなぁ。まぁ、前のテストは私もちょっと頑張ったし、みんなとファミレスで勉強したからね……って、そこはどうでもいいの！」

ぴしゃりと怒られる。あまり余計なことは言わないでおこう。

「紙木くんが一位を取ってくれたおかげで――まぁ結果的には一位じゃなくてもよかったんだけど、一応、世良《せら》くんは手を引いたよね。そのあと、紙木くんと汐《うしお》ちゃんさ。屋上の前で……ほら、したでしょ？」

伏せるにしても言い方ってもんがあるだろ、と突っ込みそうになる。が、話が進まないので言葉を飲み込んだ。

「そ、そうだな」

「あれ見たとき、すっごい混乱したんだけど……なんかこう、一瞬だけ。教訓？　みたいなのがさ。雷が落ちて周りがぱっと明るくなったみたいに、はっきり見えたんだよ」

「教訓？」

「なんでもかんでも人任せにしてたら、自分だけ取り残されるっていう教訓。それが、夏休みのあいだじゅうずーっと頭から離れなくてね。だから、もっと成長しなきゃなって思ったの。私一人でもなんかできるんだぞ！　ってことを、自分に証明してみたかった……のかな？　あはは、分かんないや」

　コッ、と道の小石を星原《ほしはら》は蹴《け》飛ばす。最後のほうは茶化すような物言いになっていたが、星原の言いたいことも、彼女なりに悩んでいたことも、伝わった。

　成長したい、だから実行委員長をやる。多少安直な気もするが、立派な選択だと思う。仮に失敗してもそれはそれで得られるものはあるだろうし、やってみる価値はあるはずだ。

「理由は、分かったよ。俺は応援してる」

「ありがと！　なんか照れるな～」

　にへへと笑う星原。

　本当に、素直な子だなと思う。そういうところを、俺はたまらなく愛《いと》おしく感じてしまう。

「でも紙木《かみき》くんは自分のことに集中してね？　ロミオとジュリエット、文化祭で一番楽しみにしてるの。実行委員長の仕事がどれだけ忙しくても、舞台だけは生《なま》で観《み》るって決めてるんだ」

　期待に声を弾《はず》ませ、星原は遠くを見やるように目を細めた。

「楽しみだな、文化祭」

　独り言のように放たれたその一言からは、期待と同じくらい物寂しさを感じた。

　星原は裏方なので、役者として舞台に上がることはない。さらに実行委員長に就いた以上、小道具や衣装の製作といった準備にもあまり参加できないだろう。そのことに疎外感を覚えているのかもしれない。

　もしくは――。

「星原って、今は汐《うしお》のことどう思ってるんだ？」

「え？　何が？」

　星原はきょとんとした顔でこちらを向く。もう少し具体的に言ったほうがいいか。

「今も、汐のことが気になってるのか？　その、恋愛的な意味で」

「うぇ」

　星原は不意打ちを食らったみたいに顔をぎょっとさせる。その直後、ペダルに脛《すね》をぶつけ、

「あたっ」と声を上げた。立ち止まり、ぶつけたほうの脛をさする。

「も～なんで急にそんなこと訊《き》いてくるの？」

　星原が歩きだすのを待ちながら、俺は答える。

「や、なんつうかさ。もし今も気になってるなら、汐がジュリエットで俺がロミオをやるのは、星原的に面白くない状況かなと思って……」

「紙木くんって、そういうこと結構はっきり言うよね」

　星原が恨めしそうに見てくる。たしかに今のは、少々デリカシーに欠けていた。

「わ、悪い。ちょっと気になっちゃったから……」

「いいよ、もう」

星原《ほしはら》はぷいと前を向いて足を進める。

怒らせてしまったかもしれない。俺も歩きだし、ヒヤヒヤしながら顔を覗《のぞ》き込む。すると、
星原は伏し目がちな表情で静かに口を開いた。

「分かんないよ、今も。前に比べて、もっと分かんなくなってる。けど……」

星原は俺のほうを一瞥《いちべつ》して、続けた。

「汐《うしお》ちゃんがジュリエットをやるなら、ロミオ役は、紙木《かみき》くんしかいないと思ってるよ」

「……そっか」

星原も、俺と同じ考えだった。だが星原に関していえば、その結論を出すことに少なからず抵抗があったんじゃないだろうか。もし俺が、周りのクラスメイトからロミオ役に推されていなければ、星原がロミオ役に立候補していたかもしれない。先ほど聞いた話に鑑《かんが》みると、あながちバカバカしい憶測とはいえない。

そろそろ星原との分かれ道だ。時刻はとうに六時を回っている。太陽は半分ほど地平線に隠れ、西の空に一番星が見えた。

交差点で、俺と星原は足を止める。

「ねえ、紙木くん」

「うん？」

星原は急に真面目《まじめ》くさった顔をした。

「誰かを好きになるって、どういうことだと思う?」

ずいぶん急で、返答に困る質問だった。

星原は口を引き結んで俺の返事をじっと待っている。その顔は真剣そのもので、冗談が入り込む余地はなかった。

「そうだなぁ……」

俺はその場で熟考する。

好きになるとはどういうことか。きっとその問いに正解はない。一〇人に聞けば一〇通りの答えが返ってくるだろう。だからこそ、ごまかしが利かない。

言葉を濁しているうちにも、五秒、一〇秒と時間が過ぎていく。星原は待ち続けている。

カァ、と頭上でカラスが鳴いた。そのとき、やっと自分の答えが固まった。

「誰かを好きになるっていうのは……その人のそばに、ずっといたくなることをいうんじゃないか。物理的な距離じゃなくて、心の距離というか、その人に意識してほしいというか……」

「意識……」

咀嚼《そしゃく》するように、俺の言葉を繰り返す。そして、神妙な顔で続けた。

「ちょっと、分かる気がする」

「まぁ、俺に聞くより少女漫画とか恋愛小説を読んだほうが参考になると思うけどな……」

「そんなことないよ。私は小説いっぱい読んでる紙木《かみき》くんから聞きたかったから」

「そ、そうか？　じゃあ……お役に立てて何よりだよ」

星原《ほしはら》は自転車に跨《また》がり、「じゃあまたね！」と言ってペダルを踏み込む。星原の背中が見えなくなるまで、俺はその場に佇《たたず》んでいた。

「好きになる、か……」

自嘲《じちょう》的な気分になる。俺が星原に対して抱いている感情をそのまま「好きになる」の定義にしたことを、きっと彼女は知りもしない。

＊

文化祭まで残り一か月を切った。

各クラスの生徒たちは、本格的に模擬店やら展示やらの準備に動きだす頃合《ころあ》いだ。２―Ａも、早速今日から演技の稽古《けいこ》や衣装の製作に取り掛かる運びとなっていた。

六時間目が終わり先生が退室するやいなや、赤いフレームのメガネをかけた女子生徒が前に出る。キャスティングの際に決めた演劇リーダーの、轟《とどろき》だ。美術部に所属する彼女は、自称かなりの映画好きで、いつか自分でも映画を撮ってみたいと思っているらしい。それで今回は、「リーダーってようするに監督みたいなもんだよね？」という動機で名乗り上げてくれた

のだった。

「すみませーん、まだ帰らないでくださーい。ほら、そこ！　席を立たない！　え、部活？　すぐ終わるからもうちょい待って！」

轟《とどろき》は元からハキハキ物を言うタイプだが、今回は特に気合いが入っている様子だった。頼もしいかぎりだ。

「みんな知ってのとおり本番まであと一か月です！　なので今日から、練習やら準備やらを始めていきます。部活やバイトで忙しいと思いますが、できるかぎり参加してくれるとありがたいです。演技指導は私が、裏方に関しては七森《ななもり》さんが指揮しますので、どうぞよろしくお願いします」

名指しされた七森さんは、慌てて深々と礼をする。

「演劇は一人じゃできません。ここにいるみんなで力を合わせて、最高のロミオとジュリエットにしましょう！」

おー！　と拳《こぶし》を突き上げる轟。何人かのクラスメイトも控えめながら「おー」と掛け声を返す。悪くないムードだ。士気は高いほうがいい。

だがそんなところに、

「あほくさ」

と、水を差すような一言が教室に響く。

声のしたほうに目をやれば、そこにいるのは西園《にしぞの》だ。何一つ面白くなさそうな顔で、机に頬《ほお》杖《づえ》をついていた。

「男がジュリエット役とか、どう考えても変でしょ。その時点でもう最高どころか失敗してるようなもんじゃん。今からでもキャスティング考え直したほうがいいんじゃない？」

つらつらと毒を吐くと、教室は静まり返った。暴言の対象となった汐《うしお》は、気まずそうに顔を伏せ、肩を丸める。萎縮《いしゅく》した汐の姿に、俺は胸の痛みと、西園への強い憤りを覚えた。

夏休みを挟んで多少は落ち着いてきたんじゃないかと思ったが、希望的観測に過ぎなかった。西園の暴君という性質に変化は見られない。

もしこの場に伊予《いよ》先生がいれば、今ごろ西園は指導を受けているだろう。だが今は伊予先生も他の教師もいない。だからクラスメイトの誰かが、代わりに注意する必要がある。

「別に、変じゃないだろ……」

俺がその役割を担うことにした。こういった状況で声を上げるのは本当に慣れないが、黙っているわけにはいかない。なけなしの勇気を振り絞った。

「またあんた？」

西園は椅子《いす》に座ったまま俺のほうを向いて、心底嫌《いや》そうな顔をする。それはこっちのセリフだ。こいつの頭に反省という概念はないのだろうか。俺は抗議を続ける。

「誰がジュリエットをやってもいいだろ。誰が困るんだよ」

「あんたらはよくても、観《み》てる人が戸惑っちゃうでしょ」

「戸惑わないよ」

俺の代わりに星原《ほしはら》が答えた。椅子《いす》から立ち上がり、西園《にしぞの》に身体《からだ》を向ける。

「汐《うしお》ちゃん、綺麗《きれい》だから絶対似合うよ。そもそも男の子とは違うし……」

「はっ、どうだか。恥かくだけだからやめといたほうがいいと思うけど？」

西園の堂々とした物言いに気圧《けお》されたのか、星原は困ったように俯《うつむ》いてしまう。だが、すぐにぱっと顔を上げて、瞳《ひとみ》に覚悟の色を宿らせた。

「そんなこと言うアリサのほうが変だよ！」

俺は面食らう。

こうも分かりやすい形で星原が西園に反撃したのは、俺の知るかぎり初めてだ。西園は意表を突かれたように肩をピクッと動かした。

「何それ……意味分かんないんだけど」

弁舌にいつもの鋭さがない。予想外の反撃に戸惑っているようだ。そこに「あ、あの」と声を上げて西園に干渉しようとする生徒が現れる。

七森《ななもり》さんだ。

「私も、その……槻ノ木《つきのき》さんのジュリエット、似合うと思い、ます……」

またしても俺は驚く。あの引っ込み思案な七森さんが、西園に反論した。消え入りそうな声だったが、最後列にいる俺が聞き取れたのだから、教室にいる全員の耳に届いただろう。

星原のときと違い、西園は怒りの感情をはっきりと顔に出す。ギッと歯を食いしばり、七森さんを睨《にら》んだ。鉄板すら貫きそうな鋭い視線に、七森さんは縮こまる。

「私も槻ノ木がジュリエットをやる分には全然いいと思う」

西園の視線が、今度は轟《とどろき》に向く。

「普通に可愛《かわい》いし、問題ないでしょ。宝塚《たからづか》でも女性が男役をやってたりするしさ」

いや、それはまた違うのでは……？　と思わなくもないが、心強い一押しだった。

夏休み前から兆《きざ》しはあったが、確実にクラスメイトたちは汐を受け入れ始めている。今となっては、西園こそがクラスの異分子だ。

まさに四面楚歌《しめんそか》。西園は援護を求めるように辺りを見渡す。だが周りのクラスメイトは、目が合うたびさっと顔を背《そむ》ける。普段、西園と仲のいい生徒も同じようにしていた。

西園は肩を震わせ、勢いよく立ち上がった。

「ばっかみたい！　帰る」

鞄《かばん》を肩にかけ、ずかずかと歩く。ガタン！　と荒っぽくドアを開け、教室から出ていった。

沈黙する教室。

しばらくして、轟が思い出したように口を開く。

「えっと、じゃあ、各自、動いてよし！」

クラスメイトは演技班と裏方班に分かれ、前者は2—Aの教室、後者は多目的室で、それぞれ練習なり準備なりを始めていた。星原《ほしはら》は実行委員長の用事があるようで、轟《とどろき》の話が終わるなり、足早に教室を離れた。

教室に残っている生徒は一〇人ほど。役者はこれで全員ではない。不在にしている生徒は、部活や他の用事を優先したのだろう。初日でこれだけ集まれば上々だ。

机が後方に押しやられた教室で、役者たちは発声練習をしたり遊び半分で台本を諳《そら》んじたりしている。

その中で、俺と汐《うしお》は椅子《いす》に座って対面していた。互いに台本を持っている。そばには轟が、メガホン片手に仁王立ちして俺たちを見守っている。俺と汐が舞台のメインだから、指導にも力を入れるつもりなのだろう。メガホンには誰も突っ込まなかった。

「じゃ、三ページ目のロミオが登場するシーンからね」

俺は台本を開く。

ロミオがキャプレット家の舞踏会に忍び込むシーンだ。クラス演劇においては、このシーンが序章となる。本来、原作ではモンタギュー家とキャプレット家が諍《いさか》いを起こす場面から物語が始まるのだが、そこはナレーションの説明だけで処理されていた。

俺はごくりと唾《つば》を飲み、セリフを読む。

「部屋を照らすあの美しさは、まるで夜を飾る宝石。あるいはカラスの群れに舞い降りた白鳥のようで――」

「カット」

はぁ、と轟はため息をついた。普通にカットって言ったけど、それ演劇で使う言葉じゃないだろ。だいぶ映画に引っ張られている。別に意味は分かるからいいけど……。

轟は肩を竦《すく》める。

「ダメだね」

「何が」

「声が」

ええー……そんなこと言われても。

「小さいわけじゃないんだけど、なんか聞き取りにくいんだよね。くぐもって聞こえるというか。あと、シンプルに感情がこもってない。死んでるよ、声が」

こ、こいつ。今までほとんど喋《しゃべ》ったことないのに、ズバズバ言ってくるな。

けどまぁ、たしかに棒読み感は否《いな》めない。感情を込めようとすると、どうしても恥ずかしくなってしまうのだ。特にロミオのセリフは、全体を通して大仰で鼻につくような青臭さがあり、眉《まゆ》をひそめそうになる箇所が多々ある。セリフの改変を検討したほうがいいかもしれない。

「私もそんな詳しいわけじゃないけど、紙木《かみき》はしばらく発声練習を重点的にやったほうがいいかもね。じゃあ、次。槻ノ木《つきのき》、やってみよっか」

「う、うん」

明らかに汐《うしお》は緊張していた。さっきから何度も唇《くちびる》を舐《な》めたり、椅子《いす》の座り心地をたしかめるみたいに身体《からだ》を揺らしたりしている。そんな汐に、轟《とどろき》は優しく微笑《ほほえ》みかける。

「練習だから気楽にやればいいよ。それに、今はあの性悪ツインテもいないしさ」

ひどいあだ名に俺は少し笑ってしまう。

汐は深く深呼吸し、小さく「よし」と言った。準備ができたようだ。

「どこから読めばいい？」

「紙木《かみき》と同じように舞踏会のとこやってみようか。五ページ目ね。ロミオが敵対してるモンタギュー家だと知って嘆いてるとこ」

汐はそのページを開いた。

そして、演じる。

「生まれて初めて恋した相手が、モンタギュー家の一人息子だったなんて。憎むべき相手が、今はどうしようもなく慕わしい……」

言い終わると、汐は「ど、どう？」と自信なさげな顔をする。

「いいじゃーん！」

轟は目を輝かせ歓声を上げた。

「なんだなんだ、めちゃくちゃ上手じゃん。なんも心配することないよ。全然棒読みでも大げさでもなかったし、すんなり耳に入ってきた。パトス、感じたね」

「そ、そうかな……」

謙遜《けんそん》する汐。だが、まんざらでもなさそうだ。

俺も轟と同じ感想で、とても上手だったと思う。ちょっと驚いたほどだ。情感たっぷりで、ハスキーボイスが切実さを際立てていた。

「槻ノ木は俳優のオーディションとか受けたりしてたの？　感情の入り方が練習してる人のそれっぽかった」

「いや、そういう経験はないよ。ただ……ちょっと個人的に、発声練習をしてた時期があったから。それで、知らずに上達したのかも」

そういえば、低い声にコンプレックスを感じて発声練習をしていた……と下校中に汐が語っていた記憶がある。

「へー、そうなんだ……」

轟は思案顔になり、自分の台本に視線を落とす。そのまま逡巡《しゅんじゅん》するような間《ま》を置いてから、台本をぱらぱらとめくって汐に見せた。

「ねえ。ここやってみない？　あなたはどうしてロミオなの！　ってとこ。ちょっとセリフ長いけど」

「うーん、できるかな……」

「あ、全然無理しなくていいよ。私が聞いてみたいだけだからさ。まぁこのシーンはロミジュリの見どころだから、後々練習することにはなるけどね」

汐《うしお》は悩んでいる様子だ。ううんと唸《うな》りながら、ちら、と俺のほうを見る。意見を求めているようなので、俺は思ったことを伝える。

「別に焦んなくていいと思うぞ。まだ時間はあるし。それに、汐だけ上手《うま》くなりすぎると俺の下手《へた》さが際立つから、あんまり先に行かないでほしい」

「そこは紙木《かみき》も頑張りなよ」

さらりと漏《も》れた本音に、轟《とどろき》から突っ込みが入る。反論の余地がない。

汐はしばらく考えてから、意を決したように頷《うなず》いた。

「分かった、やってみる」

「いいね〜。いつでもどうぞ」

轟は監督らしく堂々と腕を組み、聴く態勢に入った。俺も口を噤《つぐ》んで、汐に耳を傾ける。

汐は、静かに「すぅ」と息を吸う。

瞬間、汐がまとう雰囲気……いや、匂《にお》い、とでも表現するべき何かが、変わった。

——ああ、ロミオ。あなたはどうしてロミオなの?

一言一言祈りを込めるように、セリフを紡いでいく。

切なさがこみ上げてくる声。俺は無心で聞き入った。演技とは思えないくらい、すごい演技だった。ロミオとジュリエットはＯＢの演劇でしか知らないのに、屋敷のバルコニーで愛を囁《ささや》く少女の姿が、鮮やかに脳裏に浮かび上がる。そして、そう遠くないうちに俺が「愛を囁かれる側」になることを想像して、少し顔が熱くなった。

汐はセリフを読み終えた。

気づけば、教室は静寂に包まれていた。

真剣に練習していた者も、遊び半分にセリフを読んでいた者も、台本すら読まずにくっちゃべっていた者も、皆一様に沈黙し、汐を見つめている。

俺も同じだった。口を半開きにするだけで、何も言えずにいた。

異変に気づいた汐は困惑を露《あら》わにし、直後、さっと顔を赤くする。

「あ、いや、今のは――」

「すっご！」

轟が叫んだ。その一言を皮切りに、教室は蜂《はち》の巣をつついたみたいに色めきだつ。

「槻ノ木《つきのき》やば」「マジで女優さんみたいだった！」「ドラマの撮影かと思ったわ」「なんかすごかった！」

教室にいる生徒たちが汐のもとに殺到した。興奮して汐をひたすら褒めそやす者がいれば、もっかいやってとアンコールをせがむ者もいた。数々の賞賛に対し、汐は混乱していた。

「え、えっと……今の、よかったのかな？」

「みんなそう言ってるだろ」

思わず突っ込んだ。この状況が信じられずにいるようだ。

「汐《うしお》の演技がすごかったんだよ。マジで一人だけレベルが段違いだったぞ」

「そ、そうなんだ……」

汐は俯《うつむ》き、自分のスカートをぎゅっと握りしめる。そして、肩を小刻みに震わせた。

嬉《うれ》しくないのだろうか。集まってきたクラスメイトたちも、汐の異変を感じ取ったようだ。

周囲の声は徐々に小さくなっていく。

汐は俯いたまま立ち上がり、

「ごめんトイレ」

と早口で言い残し、足早に教室から出て行った。

俺は焦る。何か、地雷を踏んだのかもしれない。

「ちょ、ちょっと様子を見てくる」

返事を待たずに、汐を追いかけた。

幸い、すぐに見つけることができた。やはりトイレではなかった。廊下の突き当たり、窓から階下を覗《のぞ》くようにして、汐はうなだれていた。後ろ姿なので表情は分からない。

「汐、大丈夫か？」

背後から声をかけると、汐は振り返らず、鼻にかかった声で「大丈夫」と返した。まったく大丈夫そうじゃなかった。俺はますます不安になる。

「や、やっぱジュリエット無理そうか？　今ならまだ、降りても誰も文句言わないと思うぞ」

「いや、そうじゃなくて……」

すん、と汐は鼻をすすった。

「なんか、嬉しくて。みんな、褒めてくれたのが」

あ……そ、そういうことか。

女子として登校するようになってからの汐の境遇を考えると、感極まる気持ちは理解できた。

俺は胸をなで下ろす。そういうことなら、今は一人にしてあげたほうがいいだろう。

「分かった。じゃあ、落ち着いたらまた戻ってきてくれよ。ゆっくりしてていいからさ」

こく、と汐は無言で頷《うなず》いた。

俺は踵《きびす》を返す。かなり焦ったが、一安心だ。

教室に戻ると、不安そうな顔をクラスメイトたちが俺のもとに詰め寄ってきた。

「槻ノ木《つきのき》、どうだった？」

轟《とどろき》が心配そうに訊《き》いてくる。

「ああ、大丈夫。嬉しかっただけみたいだ」

轟は心の底から安心したように「よかった～」とため息交じりに言った。集まってきた他のクラスメイトたちも、同じように安堵《あんど》の息を漏《も》らす。「焦った」とか「まずいこと言っちゃったのかと思った」とか、そんな声が聞こえてくる。

轟《とどろき》はメガネのつるを触りながら、ちょっと申し訳なさそうに笑う。

「私さぁ槻ノ木《つきのき》が女子の制服を着るようになってから、どう接すればいいのか分かんなかったんだよね。だから内心、結構おそるおそる話してたんだけど、喜んでたならよかったよ」

「あー、それ分かる」

と他の女子が共感した。

「今まで周りに汐《うしお》みたいな人いなかったから、そこらへん悩むよね。なんか不用意なこと言って不快にさせたら悪いし」

「お前ら考えすぎだろ」

今度は別の男子が言う。

「普通でいいだろ。むしろ変に気を使うほうが槻ノ木的に居心地悪いんじゃねえの」

「そう言うけど、あんたも槻ノ木くんのこと避けてたでしょ」

「や、避けてたっつうか……何話せばいいのか分かんねえから」

「うちらと同じじゃん」

各々《おのおの》が汐について語り出す。話を聞くかぎり「どう接すればいいのか分からない」がおよそ共通していた。みんな似たようなもんなんだな、と安心する半面、汐のことを思い、ちょっと悲しくなる。

　扉の前に突っ立っているのもなんなので、教室の奥に移動しようとしたら「ねえ」と声をかけられた。振り返ると、声の主は健康的な小麦肌の女子——真島《ましま》だ。そのそばには、ツンと澄ました顔で椎名《しいな》が立っている。

「なんか用か？」

　演技の話だろうか。この二人も俺と同じで劇の役者だ。たしか真島がジュリエットの乳母《うば》役で、椎名が神父の役だ。

「別に用ってほどじゃないよ。汐の演技すごかったよねーって言いに来ただけ」

　真島が答えた。

　星原《ほしはら》ほどではないが、真島も椎名も、汐に好意的だ。その影響か、最近この二人は西園《にしぞの》よりも星原と一緒にいるところをよく見る。西園とは、汐に対するスタンスで馬が合わなくなってきているのかもしれない。

「たしかに汐の演技は本当にすごかったな。あれはびっくりした」

「ねー。紙木《かみき》、ちょっとドキドキしちゃったんじゃない？」

「ドッ……いや別に、しねえよ」

「ほんとかな～？　ちょっと顔が赤くなってたように見えたけど」

　いたずらっぽい笑《え》みを浮かべる真島。どうやら俺はからかわれているらしい。

「俺じゃなくて、汐《うしお》を見ろ、汐を」

「ちゃんとそっちも見てるって。シーナもそうでしょ？」

話を振られた椎名《しいな》は「ええ」と頷《うなず》く。

「私も素晴らしかったと思うわ。本当に、演技の才能があるんじゃないかって思うくらい……ただ、それはそうと紙木《かみき》くん」

椎名が俺の名を呼ぶ。

「あなたは、私とマリンに何か言うべきことがあるんじゃないの？」

「へ？」

俺はぽかんとする。この状況で言うべきこと？　そんなこと——。

「……あ、部活。二人とも、忙しいんじゃないのか？」

たしか、真島《ましま》は女子ソフト、椎名は吹奏楽部に所属していたはずだ。

真島が「まぁね」と答える。

「夏休みで三年生が引退したから、私がキャプテンになっちゃってさ。もう大忙しだよ。それでも文化祭は文化祭で楽しみたいから、こうして役者に立候補したんだけどね」

「へえ、キャプテンか。すごいな」

「でしょー？　ジュースとか奢《おご》ってくれてもいいんだよ」

「いや奢らないけど……えっと、椎名は？」

「大したことないわ。束縛の強い部活じゃないから、のんびりやってる……って、そうじゃないの」

椎名《しいな》はキッと目をつり上げた。

「あなたね。夏の定期考査で一位になれたんでしょ？　それが私たちのおかげとは言わないけど、勉強会で協力してあげたんだから、せめて一言くらいお礼があってもいいでしょ」

厳しい口調に俺はたじろぐ。だがもっともなお怒りだった。定期考査の結果が発表されてから、二人にはお礼どころか声をかけることすらしなかった。

「シーナはそこらへんこだわるよねー。私は別にどうでもいいけど」

「マリンが適当すぎるの。そんなんじゃ後輩にも舐《な》められるわよ」

「ぐえー、耳が痛い」

身をよじる真島《ましま》。

俺は「えっと」と声を出して、二人の意識をこちらに向ける。

「助かったよ、ほんとに。二人が協力してくれなかったら、一位は取れなかったと思う」

「……まぁ、いいでしょう」

ふん、と椎名は満足げに鼻を鳴らす。納得してくれたようで何よりだ。

「そういや紙木《かみき》、なっきーとはどんな感じ？」

真島が何気ないふうに訊《き》いてくる。

「何が？」

「何がって、そりゃあ――」

突然、真島は俺の耳元に顔を寄せ、

「お熱なんでしょ？」

と囁《ささや》いた。俺は思わず「んなっ」と声を上げる。

「な、何言ってんだバカ。んなわけないだろ。変なこと言うな」

「あれ、そうだったの？　なんだ、じゃあ私が勘違いしてただけか～」

と言いながら真島は意味深に笑う。隣の椎名は、怪訝《けげん》そうに眉《まゆ》を寄せていた。

「なんなの、ニヤニヤして気持ち悪いわね……夏希《なつき》と紙木くんがどうかしたの？」

「いやいや。シーナは気にしないで」

真島がこっそりと俺にウインクする。フォローしたつもりなんだろうか。

にしても、一体いつなんだ。いつ、真島に悟られた？　実行委員に立候補したときか？　それとも勉強会のとき？　あるいは三人で下校するようになってから？　それとも――って。

俺、結構バレそうな動きしてんな……。

汐《うしお》と、あとおそらく世良《せら》にも勘づかれたくらいだ。真島が察していてもおかしくない。むしろいまだにピンと来ていない椎名が相当鈍い可能性がある。

「なっきーはドジっ子だから、あんまり目を離さないほうがいいよー？　あの子と映画観《み》に行ったとき、ポップコーン床にぶち撒《ま》けたことあったからね」

「待ち合わせで昼の九時と夜の九時を間違えてたこともあったわね」

椎名《しいな》の談に、真島《ましま》は「あったね〜」と返す。それから、ふっと真面目《まじめ》な顔をして「でも」と続けた。

「なっきーなりに、変わろうとしてるみたい」

椎名がうんうんと頷《うなず》く。

「そうね。最近は、すごく頑張ってる」

真島と椎名は、俺よりも前から星原《ほしはら》と友達だ。その二人が星原の頑張りを認めていることが、なぜだか俺には嬉《うれ》しく感じられた。

「あ、汐《うしお》、帰ってきた」

真島が扉のほうを見て言う。そちらを見てみると、たしかに汐が戻ってきていた。最初に轟《とどろき》が「大丈夫そう?」と声をかけ、他のクラスメイトも様子を窺《うかが》うように汐へ近寄る。

「ちょっと行ってみよっか」

真島が椎名を誘い、汐のもとへ向かう。

俺は口元が綻《ほころ》ぶのを感じながら、二人に続いた。

*

最近、校内を奔走する生徒をよく見かけるようになった。その大半が実行委員だ。

俺も今日はそれなりに忙しかった。一つひとつの作業は大したことないが、どうも仕事の量が多い。どうやら実行委員における運営班は雑務も兼ねているらしく、俺はしょっちゅう「お手伝い」として他の実行委員に使われていた。楽そうだと思ってたのに全然楽じゃなかった。

ちなみに放課後の今現在は、校内の決められた場所にポスターを貼《は》って回っている。今回は楽な部類だ。昨日のテントの組み立ては、人数が少ないうえ雨がぱらついていて大変だった。

俺は掲示板に最後のポスターを広げ、両端を画鋲《がびょう》で留める。

「よし、終わりっと」

ぱっぱと手を叩《たた》く。ポスターの貼付《ちょうふ》は終了。生徒会室に戻ろう。

文化祭が開催されるまでのあいだは、生徒会室が実行委員の本部となっている。クレームの処理や事務作業は、すべて生徒会室で行われていた。

「失礼します」

生徒会室に足を踏み入れて、俺は広報担当に作業の完了を報告する。これで今日の仕事は終わり。さて退室しよう、と思ったら、

「ごめんなさい！」

と勢いよく謝る星原の声が聞こえた。

星原《ほしはら》は部屋の奥にいて、何やら険しい顔をした三年生に頭を下げていた。

「今回は俺がチェックやっとくからいいけど、次から気をつけてね？　保健所に出す申請の書類なんかに不備があったらやばいから」

「はい、すみません……」

三年生はプリントの束を持ってその場を去る。星原は悄然《しょうぜん》とうなだれ、自分の席に着いた。嫌《いや》なタイミングで生徒会室に来てしまった。気まずい。元気づけてやりたいところが、中途半端な励ましは余計に惨《みじ》めにさせる恐れがある。

どうしようかと悩んでいたら、今度は別の三年生が星原のもとを訪れた。

「あの～星原ちゃん。ちょっといいかな？」

「はいっ」

星原はバッと顔を上げる。

先輩は気遣わしげに笑《え》みを浮かべながら、手に持ったプリントを星原に見せた。

「実行委員長の判子《はんこ》が欲しくてね。その、押してもらえると助かるんだけど」

「は、はい。分かりました」

星原は書類が山積みとなった机の上から判子を掴《つか》み、先輩のプリントに捺印《なついん》する。

「ありがと！　あと……予算の見直し、どんな感じ？」

「あ、えと。は、半分くらい終わってます」

一瞬、先輩の表情が固まる。

「そ、そっか。まぁ、最悪明日でもいいから。ミスのないようにね？」

「はい、すみません……」

「じゃ、よろしく！」

先輩がそそくさと退散すると、星原は小さくため息をついた。

かなり仕事が溜《た》まっているみたいだ。前々からその兆候はあったが、文化祭が近づくにつれ星原の余裕も失われている。思えばここ最近、俺より先に星原が下校した記憶がない。一体いつまで学校に残って作業をしているんだろう。

——夏希《なつき》のこと、ちゃんとフォローしてやりなよ。

汐《うしお》の言葉を思い出す。

俺は深呼吸して、拳《こぶし》を強く握った。

「なんか、手伝えることあるか？」

思い切って星原に声をかけた。

星原は目を丸くしたあと、ちょっと恥ずかしそうに笑う。

「大丈夫。それに紙木《かみき》くんは、このあと教室に戻らなきゃでしょ？」

そのとおりだった。最近は実行委員の仕事を終わらせてから、演技の稽古《けいこ》に参加するのがルーチンになっている。

「まぁ、そうだけど。別に絶対出なきゃいけないものでもないから」

「いいっていいって、練習のほうを優先してよ。私は平気だからさ」

星原《ほしはら》は頑《かたく》なだ。一人でやることに相当こだわっているらしい。というより「人任せ」になることを避けているのだろう。おそらく星原は、他者の手を借りることが、自立の妨げになると考えている。

その考え方自体は嫌いじゃない。たとえ非効率で孤立を生むとしても、自分一人の力で何かを成し遂げようとすることは立派だと思う。ただ、それでも俺は星原の力になりたかったし、彼女が傷ついている姿は見たくなかった。

「……星原。七月に二人でファミレスに行ったときのこと、覚えてるか？」

生徒会室で作業をしている人に聞こえないよう、俺は小声で問いかける。すると星原は、戸惑い気味に「う、うん」と首肯した。

「そのときにさ。俺が定期考査で一位を取ったら、星原、なんでもお願いを聞いてあげるって言ってたよな」

「な、なんで今そんなこと言うの？」

星原が警戒を露《あら》わにして身を引く。顔には怯《おび》えの色があった。星原を納得させようとできるだけ順序よく話すつもりだったが、これは結論から言うべきだったなと後悔する。

「俺にも何か手伝わせてほしい。それが俺のお願いだ」

「えっ」

星原は呆気《あっけ》に取られたような顔をする。

「前から使いどころを考えてたんだけど、こういうのはサクッと使っちゃったほうがいい気がしたんだ。俺、ＲＰＧでも貴重な回復アイテムは最後まで使わなかったりするし」

「それは私もあるけど……そんなのでいいの？」

「嫌《いや》だったら他のお願いを考えるけど」

「いや、それで。それでいい。お仕事、なんか渡すよ」

焦ったように星原は言い直し、山積みの書類を漁り始める。少しして、数枚のＡ４用紙を渡してきた。

「じゃあ、ビラとパンフレットのチェック、お願いしてもいい？　誤字が結構あるみたいだから……」

「分かった。そういうのは得意だ」

書類を預かり、俺は適当な席に着く。早速紙面を指でなぞりながら、俺は文章を精査していった。

「紙木《かみき》くんって、変わってるね」

「……どうだろうな」

誤字脱字の確認を進めながら、俺は曖昧《あいまい》な返事をする。

じわ～と胸の底に後悔が滲《にじ》んできた。なんだか、とても惜しいことをした気がする。けど元より星原《ほしはら》を困らせるお願いをするつもりはなかったし、きっとこれが最適な使い道だった。

しばらくしてから、俺は赤ペンを置いた。チェック終了だ。誤字脱字や文法の誤りが多かったので、余裕のあるときに確認できてよかった。まぁ文化祭で配布されるものだし、些細《ささい》なミスで目くじら立てる人もいないだろうけど。

「終わったよ」

星原に言って、俺はチェックを入れたビラとパンフレットのゲラを返す。星原はさっと紙面に目を走らせて、うんと頷《うなず》いた。

「ありがとう、紙木《かみき》くん。締め切りが近かったから助かったよ」

「いいよ。まぁ、あれだ。困ったことがあったら、遠慮なく言ってくれ」

さりげなく言おうとしたのだが、思った以上に恥ずかしくなってしまった。締まらないなぁと自分が嫌《いや》になる。けど星原は、そんな俺にもはにかんでくれる。

「頼もしいよ。紙木くんが実行委員になってくれてよかった」

「お……おう。じゃあ、俺は教室に戻るよ」

「うん、頑張ってね」

俺は回れ右して生徒会室を出る。

平静を装っているが、今にも叫びだしたい気分だった。

──紙木くんが実行委員になってくれてよかった。

め、めちゃくちゃ嬉しい～！　いやもう本当に、星原の言うとおりだ。実行委員になってよかった。涙が出そうだ。廊下に誰もいなければスキップしている。

俺を実行委員に薦《すす》めてくれた汐《うしお》に感謝しないとな……そう思いながら、ウキウキで廊下を歩いていたら、

「やあ、咲馬《さくま》」

背後から話しかけられ、俺は前につんのめった。

「げっ」

話しかけてきたのは、世良《せら》だった。ポケットに手を突っ込み、相変わらずニヤニヤした笑《え》みを浮かべている。

「げっ、とは大した挨拶《あいさつ》だね。僕じゃなかったら傷ついてたよ」

「……お前じゃなかったら、そもそも言わないよ」

たぶん。

世良のことは苦手──というか嫌いだが、今の俺はすこぶる機嫌がいい。話を続けてみようと「なんか用か」と問いかけた。

「特に用はないよ。なんだか嬉しそうに見えたから、声をかけただけ。何かいいことでもあった？」

こいつ、よく見てるな……それとも俺が分かりやすいだけか？

「まぁ、ちょっとな」

本当のことを言うのは気が引けたので、俺は曖昧《あいまい》に言ってごまかす。すると世良《せら》は「ふうん」と意味ありげに相槌《あいづち》を打って、俺のことをじろじろと見てきた。

「もしかして、夏希《なつき》ちゃんのことかな？」

なんで分かるんだよ。

「違うけど」

俺が否定すると、世良は「コホン」と咳払《せきばら》いする。

「『紙木《かみき》くんが実行委員になってくれてよかった』」

「んなっ」

「どう？　似てた？」

「全っ然似てないから。ていうかお前、見てたんじゃねえか」

あっはは、と世良は楽しそうに吹き出す。こいつ、本当に性格が悪い。もう立ち去ってやろうかと思ったが、言われっぱなしは癪《しゃく》だった。

「お前も実行委員だろ。ちゃんと仕事しろよ」

「え～してるよぉ。今だって監査班として校内をパトロールしてる最中だし。企画と違うことしてたら注意しなきゃいけないんだ」

「はっ、どうだか。どうせサボってるだけだろ。言っとくけど、星原《ほしはら》に迷惑かけるなよ」

「かけないって。咲馬《さくま》は、ずいぶん夏希ちゃんのこと気にかけてるんだね？」

ニヤニヤしながら、媚《こ》びるような声で言ってくる。口調とは裏腹に、目は嗜虐《しぎゃく》心に光っていた。

「……そりゃあ同じ実行委員だからな。気にもかけるよ」

「そんなに魅力的かなぁ、あの子。良くも悪くも浅いっていうか、あんまり見てて面白くないんだよね。それならまだ咲馬と汐《うしお》のほうが僕は好きだけど」

ピク、と目の横の筋肉が痙攣《けいれん》する。

おそらく、今の発言は俺への挑発だろう。星原を貶《おとし》めれば、俺が怒ると思っているのだ。その見立ては正しい。だが世良の思惑《おもわく》には引っかかってやらない。

「そう思ってんならそれでいいんじゃねえの。星原も、お前に好かれたいとは思ってないだろうし」

「でも胸は大きいよね」

「ぶん殴るぞ」

「ははは！」

もういい。やっぱり、世良と話しても無駄だった。

俺は2―Aの教室を目指して歩きだす。

「あれ、もう帰っちゃうの？」

「劇の練習だよ。ついてくんなよ」

「ああ、たしかA組はロミオとジュリエットだっけ」

返事をせずにそのまま立ち去ろうとしたら、「ねえ、咲馬《さくま》」と世良《せら》に引き止められる。その声にいつもの嫌《いや》な感じがしなかったので、少しだけ気になって、俺は振り返った。

「なんだよ」

「どうしてロミオとジュリエットは、二人とも死んじゃったんだと思う？」

「……不運な行き違いだろ」

「もっと根本的な理由を問うてるんだよ」

「根本的な理由？」

世良は穏やかに微笑《ほほえ》んだ。

「一人よりも二人死んだほうが、物語として面白いからだよ」

＊

ここ最近、一日の密度がやけに高い。

実行委員の仕事や演劇の練習で、人と関わる機会が増えたせいだ。家に帰る頃《ころ》には大抵くたくたになっているので、明らかに読書ペースが落ちた。

だが読書量に反比例して、食欲は増した気がする。単に運動量が増えたからだろう。今日も弁当だけでは物足りなさを感じて、校内の売店へと向かっていた。

階段を下り、一階の廊下を進む。昇降口の前を通り過ぎたところで、人の列が見えた。

「うわ、混んでるな……」

売店は人でごった返していた。おそらく俺と同じで、昼食を終え、お菓子やらアイスやらを求めて集まってきたのだろう。気が滅入る一方で、食欲の秋だな、としみじみ思う。

あまり人混みに揉《も》まれたくない。時間には余裕があるので、もう少し人が減るまで待つことにした。

売店の前は人通りが多いので、邪魔にならないよう壁に寄りかかる。この時間に売店の前を通るのは、主に食堂から戻ってきた生徒たちだ。

人の流れの中に、派手な髪色の女子を見つける。

西園《にしぞの》だ。他クラスの女子数人と一緒にいる。食堂帰りだろう。そういえば、最近は昼休みになるやいなや、西園は決まって教室を後にしていた。他クラスの女子とつるんでいたのか。もしかすると、A組にいづらさを感じているのかもしれない。

「ねえ、ちょっと売店寄ってかない？」「あ、私ピノ食べたい」「太るよー？」「じゃあガリガリくんにする」「どっちも変わんねえって」「誰かチョコモナカ食べる人ー」

彼女らの甲高《かんだか》い声は、喧噪《けんそう》にまみれた廊下でもはっきり聞こえる。だがそこに西園《にしぞの》の声は混じっていなかった。見れば西園は、どこか引きつった笑《え》みを浮かべて相槌《あいづち》を打つだけで、あまり会話に参加できていない。というか、ちょっと浮いていた。

無理もないか、と思う。

いくらA組の女王様とはいえ——いや、プライドの高い西園ならなおさら、他クラスで形成されたコミュニティに入り込むのは容易ではないだろう。よくよく見れば、時おり西園はすっと真顔になる瞬間がある。かなり居心地が悪そうだ。

ぼんやりと観察していたら、つと、西園と目が合った。

西園は目を見開き、恥辱を受けたように顔を怒りに染める。まずい。俺はすぐさま目を逸《そ》らした。すると西園は、一直線にこちらに向かってくる。

気づかぬ振りをして逃げようとしたが、手遅れだった。背後から「おい」と声をかけられ、振り向くと同時に、太ももに鋭い蹴《け》りを食らう。

「痛《い》って！」

「ちょっと来い」

乱暴にネクタイを掴《つか》まれ、ぐいぐいと引きずられる。人気《ひとけ》の少ない階段のそばに着くと、西園は突き放すように手を離した。

「あんた、私のこと見て笑ってたでしょ」

「笑ってねえよ」

「じゃあなんでじろじろ見てたのよ」

俺はネクタイを直しながら、ため息を飲み込む。

「理由も何も、単にお前が俺の視界に入ってきただけだ。ちょっと自意識過剰なんじゃないのか」

「はあ？　バカにしてんの？」

「してねえよ。……自意識過剰ってのは、そういうとこだ」

チッ、と西園は大きく舌打ちする。苛立《いらだ》たしげに指を立てて側頭部をぼりぼりかいた。

「ほんっと、どいつもこいつも……なんなの、マジで」

よほど虫の居所が悪いらしい。怒りやすくても、西園は理路整然と話すイメージがあったが、今では完全に感情が先走っている。真っ当な思考回路は閉ざされているようだ。こういう相手と話しても、不毛な結果にしかならない。

「……もう行っていいか」

「ダメに決まってんでしょ」

「なんでだよ」

西園はじっと俺を睨《にら》んだあと、自分の身体《からだ》を大きく見せるみたいに腕を組んだ。

「……あんた、夏希《なつき》に変なこと吹き込んでない？」

「なんでそう思うんだよ……」

「だって、あんなこと夏希《なつき》に言われると思ってなかったから」

「あんなこと？」

「……アリサのほうが変、とか」

俺は本気で呆《あき》れてしまった。同時に、腹の奥からどっと言葉があふれ出す。

「お前さ、汐《うしお》に散々ひどいこと言っといて、いざ自分が星原《ほしはら》に言い返されたら、あんなこと言われると思ってなかった、ってさすがに被害者面《づら》が過ぎるだろ。いくら優しい星原でも、ああ何度も友達を侮辱されたら、そりゃ怒るに決まってる」

それくらい分かるだろ、と念を押すように付け足す。

西園《にしぞの》は俯《うつむ》き、肩を震わせた。そのまま、なかなか顔を上げようとしない。さすがに言い過ぎたかも、と不安になり、様子を窺《うかが》おうとしたら、

「つぶね！」

西園の拳《こぶし》が鼻先を掠《かす》った。

避けられたのは運がよかった。あと少しでも前に出ていたら、鼻を折られていたかも——などと冷静に分析している場合ではない。西園は鬼気迫る勢いで掴《つか》みかかってくる。女子とは思えない力で俺は壁に押しつけられた。

「分かったようなこと言いやがって！　自分の意見なんか一つも持ってないくせに！」

唾《つば》が飛ぶのもお構いなしだった。左手で俺の襟元《えりもと》を掴みながら、右手で殴ってくる。

「ちょ、ま、落ち着けって！」

顔を守るので精一杯だった。ガードを解くこともできず、俺はただ殴られ続ける。

腕の感覚がなくなってきたところで「何やってるの！」と大きな声が聞こえた。腕の隙間《すきま》から声のしたほうを見ると、伊予《いよ》先生が階段を下りてきていた。

「やめなさいアリサ！」

伊予先生は即座に西園を押さえ込む。西園はしばらく暴れていたが、さすがに疲れてきたのか、やがてぐったりと力尽きた。

「紙木《かみき》、怪我《けが》はしてない？」

「だ、大丈夫です」

殴られた腕は痛むが、大したことはない。精々痣《せいぜいあざ》になるくらいだろう。

伊予先生は、西園の肩を掴んで自分のほうに向かせた。

「どうしてこんなことしたの……」

返事はない。一文字に口を結んで俯くだけだ。このままではらちが明かないと思ったのか、伊予先生は西園から手を離し、難しい顔で考え込む。

「……二人とも、ご飯は食べた？」

「あ、はい……」

「アリサは?」

西園《にしぞの》はだんまりを決め込んでいたが、ほんのわずかな動きで、こくっと頷《うなず》く。

「じゃ、二人とも来て」

そう言って伊予《いよ》先生は歩きだす。俺は西園を一瞥《いちべつ》してから、先を行く背中を追いかけた。西園も、遅れて付いてくる。

階段を上り、廊下を進んで、職員室に入る。そこからさらに奥へ進んで、パーテーションで区切られた相談スペースに入った。四脚の椅子《いす》と机があるだけの小ぢんまりした空間だ。名前のとおり、普段は進路の相談などに利用されている。

伊予先生が椅子に座ると、「ほら、二人も」と着席を促してきた。俺は言われたとおりに腰を下ろす。西園は、少し迷うような間《ま》を空けてから、俺の隣——ただし椅子を動かして俺から距離を取るようにして、座った。

「改めて訊《き》くけど、どうしてあんなことになったの?」

伊予先生は同じ質問を繰り返す。西園は依然として口を噤《つぐ》んでいるので、俺が答えるしかなさそうだ。

「……廊下で西園と目が合って、ちょっとした口論になりました」

「口論って?」

「私は何も間違ってない」

唐突に西園が口を割った。

「汐《うしお》は、絶対に男のままでいたほうがいい。なんでみんなそれが分からないの……」

俯《うつむ》いたまま、呪詛《じゅそ》のように呟《つぶや》く。

それで事情を察したのだろうか。伊予先生は「なるほどねぇ」と言って、椅子の背にもたれた。ギィ、とパイプ椅子が小さく軋《きし》む。

「どうしてあなたはそう思うの？」

西園は少しだけ顔を上げ、訝《いぶか》しそうに眉《まゆ》を寄せる。

「……損だから」

「損？」

「男でいたら、周りに変な目で見られたり舐《な》められたりせずに済むでしょ。あんな中途半端な生き方、大変だって誰にでも分かるじゃん」

嫌《いや》な記憶を刺激される。以前の『勉強会』と称した集まりでも、西園は同じことを言っていた。当時の俺は反論できず黙りこくるしかなかった。

あれから俺もいろいろ考えた。

西園は、自分の正しさを一ミリも疑っていない。自分こそが本心から汐のことを考えてやれていると、巨木が根を張るように固く信じている。その揺るぎなさが、俺は彼女の強さだと思っていた。

けど……違う。西園《にしぞの》は知らないだけだ。汐《うしお》のは、損得の問題なんかじゃない。

「西園、お前は——」

「いいよ、紙木《かみき》」

伊予《いよ》先生が遮《さえぎ》る。

背もたれから背を離し、伊予先生はまっすぐ西園を見つめる。そのまなざしを、西園はふてくされた態度で受け流している。

「たしかに、大変かもね。これからも苦労することはあると思うわ」

「じゃあ」

「だからこそ、私は応援してる。ちゃんとあの子が幸せになることを願ってるから」

一語一語、思いを込めるように伊予先生は言った。

西園は悔しそうに歯噛《はが》みする。

「幸せになってほしい？　だったらなおさらでしょ。人間なんて簡単に心変わりするのに、なんで苦労するって分かってて、今の汐を肯定すんの？　生徒の将来を考えるのが、教師の役目でしょ」

伊予先生は短く息をつく。

「アリサ。あなたは、男の子になりたいと思ったことはある？」

「は？　いきなり何？　そんなこと……あるわけないじゃん」

「でも人の考えは簡単に変わるものでしょ？　あなたがこの先いろんな体験をしていくうちに、自分の心がもっと複雑なことに気づくかもしれない。今までが間違っていた、と心変わりするかもしれない」

「それは……」

「いい？　アリサ。誰でも変わってしまうという考え方は、間違ってはいないけれど、基本的には不毛なの。いつか価値観が変わる可能性はあっても、今を否定して、あなたが思う理想を汐に押しつけるのは、よくないわ」

「……」

西園は唇《くちびる》を噛んだ。いまだ表情に反省の色はない。だが何かが揺らぎ始めていることを、俺は感じていた。

「あなたなりに汐のことを考えているのは分かるわ。その気持ちは大切よ。けど、誰かを傷つけるのは絶対にやめて。それはあなたが弱い立場になったとき、必ず自分に返ってくるから。もし鬱憤《うっぷん》が溜《た》まるようだったら、いつでもいいから私に、」

「もういい」

話を断ち切るように言って、西園は立ち上がった。

「説教くさいことばっか言わないで。弱い立場？　なるわけないでしょ。そんな心配されてなくても、私はずっと強いままでいる。余計なお世話だっつうの」

その言葉を最後に、西園《にしぞの》は伊予《いよ》先生の声にも耳を貸さず、相談スペースから出て行った。

——私はずっと強いままでいる。

西園はそう言った。でも去り際に見えた彼女の背中は、親を見失った子供のように弱々しく見えた。

伊予先生は立ち上がり、相談スペースから出ていく。

少しして、伊予先生は一人で戻ってきた。追いつけなかったのか、これ以上話しても無意味だと悟ったのか。諦《あきら》めたように再び腰を下ろし、天井を見上げた。

「……むっずいなあ」

相当、気を張っていたようだ。声にありありと疲労が滲《にじ》んでいる。だらしない姿を晒《さら》しているが、それでも俺は、伊予先生のことを尊敬した。

「すごいですよ、伊予先生は。俺は……何も、言い返せなかったんで」

伊予先生のようなちゃんとした大人を前にすると、いかに自分が無教養だったかを思い知らされる。『勉強会』でも、さっきと同じような返しができていれば……と後悔していたら、伊予先生は軽く反動をつけて身体《からだ》を起こした。

「無理して言葉にする必要はないわ。大事なのは態度よ。あなたが汐《うしお》のことを大事に思い続けていたら、それが立派な意思表示になるから」

「……なりますかね」

「なる！　先生を信じなさい」

少し迷ってから「はい」と答えると、伊予先生はにっこり微笑《ほほえ》んだ。

伊予先生は座ったまま背伸びをする。

「あーあ、もう五時間目始まっちゃうなぁ。まだお昼ご飯食べてないのに……」

「食べながら授業してもいいんじゃないですか」

「なるほど、その手が……って、んなことできるか！」

さっきまでのシリアスな空気が嘘《うそ》のように、伊予先生は元気よく突っ込む。朗らかに笑う伊予先生のことが、俺には誰よりも頼もしく見えた。

＊

目まぐるしい日々が続く。

放課後になれば、すぐ実行委員としての仕事に駆り出される。基本的に俺の仕事は雑用だ。各クラスから必要なプリントを集めたり、ガムテープや木材といった足りない備品を各クラスに配布したりする。今日は体育館で、校門を飾るアーチの製作に取りかかっていた。

アーチは実行委員会が主体となって製作しているもので、文化祭当日に校門に設置される。今年のアーチは西洋風のお城をモチーフにした手の込んだデザインだ。見栄《みば》えがいい分、作業量もそれなりに多い。

「よし」

尖塔《せんとう》部分の原型ができた。色塗りと組み立ては後日まとめてやるので、今日のところはこれでオッケー。他のパーツに取りかかる前に、ちょっと休む。

俺は発泡スチロール用のカッターを床に置き、立ち上がる。背中を反《そ》らすと、腰がポキポキと鳴った。

周りを見れば、俺たち以外にも、展示物の製作に勤《いそ》しむ生徒たちがそこらじゅうで寄り集まっている。何かのオブジェや巨大モザイクアートといった、教室での作業が難しいクラスが体育館のスペースを借りているのだ。体育館で作業できる日はかぎられているので、みんな談笑を交えつつも真剣な様子で手を動かしている。

「発泡スチロール足んない！」

先輩の実行委員が誰にともなく言った。彼の目線は、自然と立ち上がっている俺に向けられる。

「発泡スチロール足りないんだけど」

なんで二回言ったの？

という突っ込みは置いといて、大方「取ってきて」と言いたいのだろう。仕方ない。作業に一区切りついたところだし、取ってきてやるか。

「じゃあ、俺行きます」

「サンキュー、助かる」

先輩はお礼を言って自分の仕事に戻る。

そんな急ぎでもないだろうし、休憩がてらにゆっくり行こう。

「あ、紙木《かみき》くん発泡スチロール取りに行くの？」

ヤスリを片手に、ジャージ姿の星原《ほしはら》が顔を上げた。蒸し暑い体育館に長いことといるせいか、額《ひたい》に汗が滲《にじ》んでいる。

「ああ。足りないものあるならついでに取ってくるぞ」

「ほんと？　じゃあ発泡スチロール多めに取ってきてくれると嬉《うれ》しいかも。こっちも少なくなってきたから……」

「分かった。持ってくるよ」

「ありがとう紙木くん！」

元気が湧《わ》いてきた。星原にお礼を言われたからには、のんびりしていられない。俺は自分のこういう単純なところが結構好きだ。

「おい、接着剤なくなった」

早速発泡スチロールを取りに行こうとしたら、同じく実行委員の能井《のい》が引き止めてきた。

いや知らねえよ……と言いたいところだが、おそらくさっきの先輩と同じだ。つまり、なくなったから取って来い、と。遠回しでぞんざいな頼み方にイラッとしたが、どうせ後々必要になってくるので、ここは意図を汲《く》んでやる。感謝してほしい。

「ったく、しゃあないな……」

不承不承に頷《うなず》いたら、能井《のい》は思いっきり見下すように鼻で笑った。

「三分以内な」

む、ムカつく～！

俺は大股《おおまた》で歩きながら体育館を後にした。


実行委員の仕事が終われば、今度は演技の稽古《けいこ》が待っている。

「だから照れすぎなんだって！　もっと堂々と！」

俺と汐《うしお》でバルコニーのシーンを練習していたら、轟《とどろき》の指導が入った。すでに一〇回以上は言われたことを、声高に訴えられる。

「中途半端が一番よくないよ～？　舞台で恥かくのは紙木《かみき》なんだからね」

そうは言われても、って感じだった。克服する努力はしているのだが、ロミオの歯の浮くようなセリフの数々は、根暗な俺には相当キツいものがある。この脚本を考えた者を問いただしたいと何度思ったことか。

……あ、そうだ。

「セリフ、ちょっと変えてもいいか？　もっと硬派な感じにしたら、堂々と演技できると思うんだけど」

「えー、それじゃつまんないよ。ちょっと恥ずかしくなるくらいの青臭さこそ、ロミオとジュリエットの醍醐味《だいごみ》でしょ？」

「いや、でも……。なぁ、汐はどう思う？　変えたほうがよくない？」

隣にいる汐に助けを求めた。演技に関して汐は、今まで一度もダメ出しされたことがない。どころかセリフを読むたび、轟を上機嫌にさせていた。そんな汐がセリフの改変に同意してくれたら、轟も納得してくれるはず——なのだが。

「別にこのままでいいんじゃない？」

にべもなく却下され、俺は逃げ道を失う。

「ほら〜槻ノ木《つきのき》もこう言ってんじゃん。もっとこう、開き直る感じでやったら恥ずかしさもなくなると思うよ。私がお手本見せたげようか？」

「え、できんの？」

「あ、舐《な》めてるでしょ。ちょっと見てな」

轟は喉《のど》の調子を整えるように軽く咳払《せきばら》いをする。そして、台本も読まずにロミオのセリフを一部、諳《そら》んじてみせた。声の抑揚から表情の作り方まで、俺とは比べものにならないほど上手《うま》かった。まさか本当にできるとは。

「おー、すごいな」

俺は称賛の言葉を送った。轟《とどろき》は「でしょ?」と得意げに胸を張る。

「映画、たくさん観《み》てるからね。演技力も自然と身につくってわけ」

いや、映画の鑑賞数と演技力が比例することはないんじゃ……? と思ったが、実際上手なのだから、何も言えない。

「ほんと上手だね。芽衣子《めいこ》も役者をやればよかったのに」

汐《うしお》が感想を言った。芽衣子、は轟の下の名前だ。

「いやいや、私がやりたいのは監督だから。監督が役者をやってたらおかしいでしょ」

「そ、そんなことないよ」

ちょっと離れたところから、控えめな反論が聞こえた。

声のしたほうを見ると、七森《ななもり》さんがおっかなびっくりといった様子でこちらを向いていた。

さっきまで他の役者と衣装の相談をしていたはずだが、それはもう終わったみたいだ。

「そうなの?」

汐が訊《き》くと、七森さんはこくこくと頷《うなず》きながら俺たちのもとにやってくる。

「えっと、映画監督が主演をやってる作品、結構あるの。主演から端役まで、いろいろ」

「へえ、そうなんだ。よく知ってるね」

「うん、映画、私も好きだから……」

知らなかった。監督の話も、七森さんが映画を好きなことも。こうして会話に交ざってくるほど伝えたかったということは、本当に映画が好きなのだろう。それに比べて……。

「ま、知ってたけどね」

轟は平然と嘘《うそ》をついた。こ、こいつ。

「……にわか」

「は〜!?　聞き捨てならないんですけど!?　これから紙木《かみき》だけスパルタで行くから覚悟しときなよ」

「えっ」

い、言わなきゃよかった……まぁ自業自得だと思って受け入れるしかないか。

汐と七森さんが、こちらを見てクスクスと笑っている。情けないやら恥ずかしいやら、でも悪い気分ではなかった。

仕方ない。スパルタでもなんでも受けて立とうじゃないか。それで演技力が上がるなら願ったりだ。セリフの恥ずかしさは、まぁ、我慢する。

——と。

上手《うま》く行かないことも多々あるが、今の学校生活はそれなりに充実していた。文化祭は準備が一番楽しい、という言説には眉唾《まゆつば》だったが、あれは本当かもしれない。

こんな毎日が、ずっと続けばいいのに。

＊

そして一〇月に突入する。

風はひんやりとしていた。衰える気配がなかった強烈な日差しは、秋の淡さを湛《たた》えて今は優しく降り注いでいる。

心地よい気候に名残惜《なごり》しさを感じつつ、俺は体育館に足を踏み入れる。

来週の土曜日にある文化祭に備えて、今日はロミオとジュリエットのリハーサルが行われる。役者は、まだ全員揃《そろ》っていない。今日のリハーサルは本番の衣装で演じる運びとなっており、ここにいない役者は、バスケ部の部室を借りて衣装合わせをしている。ちなみにロミオの衣装はまだ未完成なので、俺は制服のまま臨むことになっていた。

体育館の真ん中に一人で突っ立っているのも変なので、俺は端のほうに寄って、壁に背を預けた。

落ち着かなかった。実行委員の仕事と並行して演技の練習を積み、そこそこ見られる演技にはなっていた。しかし人前で演じることには、まだ抵抗がある。体育館の舞台みたいな目立つ場所なら、なおのことだ。

「緊張してるな」

そばにやってきた蓮見《はすみ》が、ごくごく自然に俺を見透かしてくる。

蓮見は裏方だが、今日は照明の調整をするため体育館に来ていた。人間観察が好きな蓮見にとって、キャットウォークから舞台を一望できる照明担当は、性に合っているのだろう。観察の意味合いがちょっと違うかもしれないが。

「まぁな。注目されるの、苦手だし……」

「よくそれで主演を務めようと思ったな」

「それは……自分でもそう思う。汐《うしお》の影響だな。そもそも汐がジュリエットをやらなかったら、俺がロミオをやることもなかったし」

考えてみれば、ここ数か月で俺が目立つような行動を取るとき、そのすべてに汐が関わっていた。実行委員に立候補したのは汐が背中を押してくれたからだし、定期考査で一位を取ったのも、汐と世良《せら》を付き合わせないためだ。汐の決断によって生まれた波紋が、今も俺に影響を与え続けているのかと思うと、なかなか感慨深いものがある。

「じゃあ、槻ノ木《つきのき》が紙木《かみき》を表舞台に引っ張り出したわけだ」

俺は目を見張る。

「お前……急に素敵なこと言うじゃん」

「普通の感想だろ」

蓮見《はすみ》は呆《あき》れたように言って、「というか」と続けた。

「その槻ノ木《つきのき》は、もう来てるみたいだぞ」

「え、マジで?」

蓮見は体育館の入り口のほうを、くい、と顎《あご》で示す。そちらに目をやると、着替え終わった役者たちが集まっていた。蓮見の言ったとおり、その真ん中には、瀟洒《しょうしゃ》なドレスに身を包んだ汐《うしお》がいた。フリルのついたロングスカートが、身体《からだ》の動きに合わせてひらひらと揺れている。

と、そこで汐と目が合った。

汐は周りの人に何かを言うと、人だかりから逃げ出すようにして、小走りでこちらに駆けてきた。

「じゃあ、俺は上に行っとくから」

蓮見が言う。いればいいのに、と思うものの、蓮見と汐にこれといった接点はないし、無理に引き止めても悪い。「分かった」と答えて、キャットウォークへ向かう蓮見を見送った。

蓮見とすれ違うようにして、汐が俺のそばにやってくる。

「もしかして、邪魔した?」

「いや、大丈夫。いつもそんな長いこと喋《しゃべ》んないから」

「ふうん……? 咲馬《さくま》と蓮見くんって仲いいよね」

「別に、そうでもないぞ」

昼休みになれば一緒に弁当を食べるし、体育で二人組を作ることがあれば蓮見《はすみ》と組む。けど、仲がいい、という実感は薄い。あえて言葉にするなら「ちょうどいい」関係というべきだろうか。

「蓮見くんと普段どんなこと話すの？」

汐《うしお》が訊《き》いてくる。

「ただの世間話だよ。たまに蓮見がいいこと言って、話は終わる」

「へえ。いい人なんだ？」

「まぁ、悪いヤツではないな」

なんとなくこっぱずかしくて言葉を濁した。友達が少ない俺にもよく話しかけてくれるのだから、蓮見が善良であることは認めざるを得ない。

「それより、似合ってるな。ジュリエットの衣装」

俺が話を逸《そ》らすと、汐は自信がなさそうに、だけど喜びを隠しきれない声音《こわね》で「そうかな」と答えた。

「みんな褒めてくれたけど……ちょっと、派手じゃないかな」

汐は自分の服を見下ろし、きまりが悪そうに身じろぐ。そういえば、前に駅で待ち合わせたときも、同じような反応をしていた記憶がある。女の子らしい服に慣れていないのだろう。

「いや、そんなもんだろ。目立っていいんだよ、そうしたほうが七森《ななもり》さんだって喜ぶ」

ううん、となんとも言えない返事をして、汐は照れくさそうに顔を背《そむ》けた。恥じらいと七森さんへの気遣いが、汐の中でせめぎ合っている。だからさっきみたいな返事が出てきたのだろうな、と俺は推測した。

「そろそろリハ始めるよ！」

舞台の前で轟《とどろき》が叫んだ。油を売っていた役者たちは、話を中断して壇上へと向かう。

「じゃ、行くか」

俺と汐も、舞台へ向かって歩きだした。

本番は体育館のカーテンが閉め切られ、舞台が目立つよう壇上以外の照明は落とされる。だがリハーサルでは観客のことを考慮しなくてもいいので、演劇は明るい中で行われた。

時代背景を説明するナレーションが流れ、早速ロミオとジュリエットが登壇する。

キャプレット家の舞踏会に忍び込んだロミオはジュリエットと出会い、二人は一瞬で恋に落ちる。やがてお互いが仇《かたき》の家の出身であることが判明するも、二人の恋の熱が冷めることはなかった。

『この思いに勝る力はない。誰に見つかろうとも、夜の衣が私を守る』

俺はロミオを演じてバルコニー――ではなく、キャットウォークに立つジュリエットに愛を伝える。本番では小道具の張り子とスポットライトによって、上手《うま》い具合にバルコニーを表現できるはずだ。

……しかし、このシーンは何度やっても赤面する。今さらながら、ロミオとジュリエットが演劇の定番になっていることが、いまいち信じられない。こんなの、付き合ってない男女が演じたら、めちゃくちゃ気まずくなっちゃうだろ。

けど汐《うしお》は、そういう気まずさや恥ずかしさを、ジュリエットを演じているあいだは、まったく見せない。

『夜空に浮かぶあの月が、私の心を照らし出したのです——』

言葉の一つひとつが切実で、演じるたびに胸を打たれる。燃え上がるような情熱と寒気すら覚えるほどの悲哀。二つの感情から発生する激しい葛藤《かっとう》が、汐の声から伝わってくる。もはや演技とは思えないほどに、汐の演技はリアルだった。

たまに、ふと考えてしまう。

汐の演技力は、発声練習、もしくは才能によるものなのだろうか。

そもそも、汐はジュリエットを演じているのだろうか？

セリフはジュリエットのものだとしても、声に宿る感情は、汐にとって本物の——。

『もう夜が明ける。別れがこんなに悲しいものなら、あなたを絹の糸で縛り、自由を奪ってしまいたい』

今、考えることじゃないな。

俺はジュリエットに別れの言葉を告げ、舞台袖《そで》に姿を隠した。

その後、ロミオは友人の敵であるティボルトを殺《あや》め、故郷のヴェローナから追放される。恋に焦がれるジュリエットは、死を偽装することで町から抜け出し、ロミオを追う計画を立てた。果たして、ジュリエットは死の偽装に成功する。だが不運にも、ジュリエットの死がロミオに誤った形で伝わってしまい、ロミオはジュリエットの後を追って服毒自殺する。それを知ったジュリエットもまた、短剣で自らの命を絶つ。二人の死によって、長年いがみ合ってきたモンタギュー家とキャプレット家は和解するのだった――。

「はい、オッケー！」

轟《とどろき》が盛大な拍手を送る。

死んだふりをしていた俺は立ち上がる。すると舞台袖からぞろぞろと役者たちが出てきて、「やっと終わったー」「緊張したね」などと言い合いながら、弛緩《しかん》した空気を漂わせた。

「お疲れ様」

汐が労《ねぎら》いの言葉をかけてきた。通しでやって疲れたからか、顔が上気して少し肌が汗ばんでいた。

「ああ、お疲れ。ノーミスだったな」

「そうだね。このままなら本番も問題なさそう。ただ……」

「ただ？」

「ちょっと、蒸れる」

言って、汐《うしお》は胸元をパタパタする。なるほど。疲労ではなく、単に衣装が暑かっただけのようだ。あまり風通しがよくないらしい。まぁ一日かぎりの衣装に、素材まで厳選するのは予算的に厳しいものがあるか。

「七森《ななもり》さんに相談してみたら？　まだ本番まで日はあるし、なんとかなるかもよ」

「うん、そうしてみる」

汐は窓のほうを向いて、頭皮に風を通すように、前髪をかき上げる。白くて形のいいおでこが露《あら》わになった。リハーサルを終えて開放的な気分になっているのか、汐がこうも堂々とおでこを出している姿は、新鮮だった。

汐は手を下ろし、なぜかふっと鼻で笑って、こちらを向いた。

「前から思ってたんだけど、咲馬《さくま》ってしょっちゅうぼくのことじろじろ見てくるよね」

「え!?　嘘《うそ》」

「ほんとだよ。さっきもそうだったし。落ち着かないから、せめて何か言ってほしいんだけど」

言われてみれば、何かと凝視していた記憶がある。これは治すべき悪癖だ。

「わ、悪い。キモかったな……」

「や、そんなべたっとした視線じゃないから、別に謝らなくていいんだけど」

「今度から気をつける」

自責の念を込めて俺は汐に宣言する。……しかし一度意識すると、今度はどこを見ていいのか分からなくなる。意味もなく気まずくなって、俺は汐から身体《からだ》を斜めに向けた。

すると汐は、むっと機嫌を損ねたみたいに眉《まゆ》を寄せる。

「も〜極端だなあ。話してるときは、目を見てればいいんだよ」

そう言って俺の肩を掴《つか》み、正面を向かせる。すると、視線がまっすぐにぶつかった。

俺は、途端に何も言えなくなる。汐の瞳《ひとみ》は吸い込まれそうな魔力を秘めていて、目が離せなかった。汐も汐で、まるで予想外の事態に遭遇したように、硬直する。

……なんだ、この状況。

「二人ともお疲れ様！」

ビクッと互いの肩が跳《は》ねる。

俺と汐は同時に振り向く。声をかけてきたのは、すっかりご満悦な様子の轟《とどろき》だった。

「いや〜素晴らしかったね！　これなら本番も安心できるよ」

あ、焦ったー……。いや、でも助かった。誰かが声をかけてくれなければ、もっと変な空気になっていたかもしれない。

「特に槻ノ木《つきのき》、やっぱいいね〜。ドレスだと迫力も段違いだよ。主演女優賞あげたいくらい」

「あはは……ありがとう」

どこかそわそわした様子で礼を言う。やはり汐《うしお》も、俺と同じで気まずさを感じているみたいだった。でも本当になんだったんだ、あの硬直した時間は……。

「紙木《かみき》は……普通に見れるくらいにはなったね」

「評価にすごい落差があるな……主演男優賞はないのかよ」

「ないね！　まぁコツコツ頑張れば五年後くらいにはあるかも？」

ずいぶん気の長い話だった。

「ま、この調子で行けば本番は大丈夫！　じゃ、今日はもう解散だから、二人とも気をつけて帰ってね！」

轟《とどろき》はぴょんと舞台から飛び降りて、足早に去って行く。

「……轟、監督を始めてからすごい生き生きし始めたよな」

「いつかすごい映画を撮っちゃうかもね」

「あり得るな」

轟の姿が見えなくなったところで、俺たちも舞台から降りた。

体育館にいた2―Aのクラスメイトたちは三々五々下校を始め、俺も外に出た。汐はまだ体育館にある卓球部の部室で着替えている。

外はすでに日が暮れ始め、北の方角から冷たい風が吹いていた。夜の静けさが忍び寄り、どこからか、りーりーと風情のある鈴虫の音が聞こえてくる。

　俺は体育館の前にある小さな段差に腰を下ろして、汐を待った。時刻は五時半。校門のほうに目をやれば、部活を終えた生徒たちが帰っていくのが見えた。ラケットケースを肩にかけているからテニス部だろう。「疲れた」とか「腹減った」などと愚痴をこぼしながら、彼らは校門を抜けていく。

「お待たせ」

　背後から汐の声がして、俺は振り返った。

「七森《ななもり》さんと衣装の相談してたら遅くなっちゃった。帰ろうか」

「だな」

　俺は立ち上がり、ズボンを払う。そして二人で駐輪場に向かおうとしたら、

「あれ!?　もう終わっちゃった!?」

　と、今度は聞き慣れた元気な声がした。

　校舎と体育館を繋《つな》ぐ外廊下に、星原《ほしはら》が立っていた。走ってこちらに向かってくる。

「リハーサルは……?」

「もうとっくに終わったよ」

　汐が苦笑しながら答えると、星原はがっくりと肩を落とした。

「嘘《うそ》～、見たかったなぁ。汐ちゃんのジュリエット姿……」

「また見れるよ。本番があるんだから」

「う～ん……まぁそれもそうだね」

ぱっと星原《ほしはら》は顔を上げる。切り替えが早い。

「実行委員長の仕事、今日はもう終わったのか？」

俺が問うと、星原は「うん」と頷《うなず》いた。

「リハーサル観《み》たかったから早めに終わらせてきたんだ。結局、間に合わなかったけど。あ、でも今日はいいことあったんだよ！」

「いいこと？」

「なんと、文化祭のアーチが完成しました！」

いえーい、と拳《こぶし》を天に突き上げ、祝福ムードを全開にさせる。

「へー、もう完成したんだ」

「まぁ正しくはほぼ完成なんだけどね。文化祭の前日まで、校門で組み立てることできないからさ。でもここまで大変だったよ～」

「星原、頑張ってたからな……」

作業用のエプロンを着て、汚れながら刷毛《はけ》を動かす星原の姿を思い出す。俺も仕事や練習の合間を見つけてできるだけ製作に参加していたが、星原ほど真剣には打ち込めなかった。

「やっぱ文化祭の顔になる部分だからね。満足のいく出来にしたかったんだ。その分、実行委員長のお仕事でいろんな人に迷惑かけちゃったけど……」

「いや、すごいよ星原は。ただでさえみんなを仕切る立場で忙しいのに、そこまで頑張れるのは素直に尊敬する」

「え〜、そうかな？　なんか、照れちゃう」

くすぐったそうな顔つきをして、星原は頭をかく。自分の成長のためにと始めた実行委員長だが、その目的はすでに達成されているように思えた。俺としても喜ばしいことだ。

俺も頑張らないと——そう思いながらなんとなく汐《うしお》のほうを見て、俺はドキリとした。

汐は、無表情だった。能面のような、冷気すら感じさせるほどなんの感情も宿っていない顔をしていた。

「汐？」

「ん、何？」

返事と同時に、さっと顔に体温が戻る。

「あ、いや……なんでもない。そろそろ、帰るか」

「うん、そうだね」

声も、いつもの調子に戻っている。

気のせいだろうか。辺りが暗くなり始めているから、変な見間違いをしたのかもしれない。

「あ、そうだ！」

星原《ほしはら》が思い出したように言う。

「もうこんな時間だし、晩ご飯どこかで食べて帰らない?」

素晴らしい提案だった。俺はほとんどノータイムで「食べる」と答え、汐《うしお》もそれに同意する。

それぞれ親に連絡を入れてから、俺たちは学校を後にする。自転車に乗って、駅前のファミレスを目指した。

頬《ほほ》を撫《な》でる風が心地いい。秋の夜は快適な気温で、ただ自転車を漕《こ》いでいるだけで心が満たされていく。いや、外が快適だからというより、そばに汐と星原がいるからそう感じているだけかもしれない。三人揃《そろ》って下校するのは、久しぶりだった。

ファミレスに着く。

店内に入る。予想していたとおり、金曜日の夕食時なので、中は盛況だった。スタッフは忙しそうに早足で歩き回っている。だが特に待たされることもなく、俺たちは四人席に案内された。俺と汐が隣同士、そして対面に星原が座る形で、ベンチシートに腰を下ろす。

星原がメニューを開いた。

「どれにしよっかな~。あ、サラダ注文して三人で分けよっか。あとピザ頼も、ピザ。それから……私はグリルのセットにしようかなぁ」

「よく食べるな」

正直な感想を述べると、星原はなぜか誇らしげに胸を張った。

「そりゃあ、育ち盛りだもん。それに、今日はくたくたになるまで働いたからさ。自分へのご褒美はケチっちゃいけないんだよ?」

「そういうもんか」

「そういうもんです!」

食い気味に言って、星原は俺と汐を交互に見る。

「二人もいっぱい食べたほうがいいよ。食べるっていう字は人を良くするって書くからね。だから食べた分だけ幸せになれるって、おばあちゃんが言ってた」

「いいおばあちゃんだね」

と汐が微笑《ほほえ》みかける。

「うん。まぁそのせいで、小学生の頃《ころ》に激太りしちゃったんだけどね。痩《や》せるの大変だったなあ……学校でも、男子にいろいろ言われちゃったし」

いろいろ、に含まれる言葉はなんとなく想像がついてしまう。けどそれよりも、星原にそんな時代があったことが驚きだった。

星原は「あー、ダメダメ」と言って自分の頬をぺしぺし叩《たた》く。

「なんか暗い話になっちゃうね。二人とも、注文決まった?」

「ん。俺は決まってる」

「ぼくも大丈夫。夏希《なつき》も決まってるならボタン押すよ」

「オッケー！　よろしく」

汐《うしお》が呼び出しボタンを押す。やってきたスタッフに、それぞれの食事とドリンクバーを注文した。それから三人で各々《おのおの》好きなジュースを注ぎに行き、また四人席に戻ってくる。

星原《ほしはら》がグラスを掲げる。

「とりあえず、乾杯しとこっか」

「何に？」

俺が訊《たず》ねると、星原は「うーん」と考えるように唸《うな》った。

「文化祭の前夜祭？」

「文化祭は来週だぞ」

「じゃあ一週間前夜祭！」

「語呂《ごろ》悪いな……」

しかも正確には八日後だ。

「いーの！　ほら、二人ともコップ持って！　かんぱーい！」

乾杯、と俺たちはグラスを掲げ、チン、と縁《ふち》を合わせる。それから三人同時に、ごくごくとジュースを飲んだ。ただのペプシコーラが、今は驚くほどおいしく感じられた。

「それでね、三年生でお化《ば》け屋敷をやるクラスがあるんだけどさ。暗くすると危ないから、少しは明るくしなきゃいけないの。そしたら、明るいお化け屋敷なんてあるか！　って抗議されちゃってさぁ。先生に言っても明るくしなきゃダメの一点張りだし……ほんと実行委員長って大変だよ～」

　ポテトをつまみながら星原が愚痴る。

　あらかた食事を終え、星原はすっかり饒舌《じょうぜつ》になっていた。よほどストレスが溜《た》まっているのか、よく喋《しゃべ》るし、よく食べる。すでに彼女は、グリルとピザ半分、小皿いっぱい分のサラダをぺろりとたいらげていた。今現在もポテトを食べているので、まだ胃には余裕があるらしい。そんなに食べて大丈夫か、と心配する一方で、幸せそうにご飯を頬張《ほおば》る彼女の姿は見ていて癒《い》やされた。

「夏希《なつき》はえらいね、毎日頑張ってて」

　汐が褒めると、星原はものすごく嬉《うれ》しそうに両頬《りょうほほ》を押さえた。

「えへへ～もっと褒めて！」

「真面目《まじめ》に働いててすごい」

「わはは、くるしゅうない」

　……酔ってんのかな、星原。当然だが、お酒なんて飲んでいない。

　星原はしばらく気持ちよさそうに笑ったあと、短く息を吐いた。

「でも、まだまだだよ。まだ全然、私には足りないから……」

寂しそうに呟《つぶや》いて、ストローを咥える。

同じ実行委員の俺から見ても、星原《ほしはら》はよくやっていると思う。けど、まだ彼女は自分の仕事ぶりに満足できていないらしい。今まで見ることのなかったストイックな一面に、俺は感心すると同時に、ほんの少し不思議な気持ちになる。

「十分、今でも立派だと思うけどな」

星原は返事をするように、ポコ、と一度だけジュースを泡立たせた。

ストローを口から離し、「それよりさぁ」と愚痴っていたときと同じ口調で話題を変える。

「私、今まで二人がロミオとジュリエットをやってるとこ、見たことないんだよね」

「あれ、そうなのか」

言われてみればたしかに、練習に星原が来ていた記憶がない。実行委員長の仕事が忙しくて、見学する暇がないのだろう。

「ここまできたら本番まで観《み》ないほうがいいのかなぁ……」

「そのほうがいいと思うぞ。むしろ今まで観なかったのは幸運かもな」

「ん、どういうこと？」

「映画でも本編より先にメイキング映像を観ることはないだろ？　それと同じだよ。やっぱ最初に観るなら完成したもののほうが絶対にいい。それに、汐《うしお》のジュリエットはめちゃくちゃ本格的だからさ。あれは舞台で見るべきだよ」

「へー！　話には聞いてたけど、そんなにすごいんだ」

「ああ。マジで、本物の女優みたいでびっくりするぞ」

「褒めすぎだよ」

汐が苦言を呈する。

俺は苦笑しながら「悪い」と謝った。

「でも、ほんとすごいんだよ、汐の演技は。最初は乗り気じゃないって言ってたから不安だったけど、汐がジュリエットを演じてくれてよかったよ。なんかスカウトとか来ちゃうかもな」

しみじみと言って、俺は三分の一ほど残ったコーラを飲む。氷が溶けていて、少し水っぽかった。

「乗り気じゃ、なかったの？」

星原が言った。

その声は震えていた。

直後、俺は自分の失言に気づく。

──乗り気じゃないって言ってた。

背筋が冷えていく。今の言い方だと、まるで星原が汐にジュリエット役を無理やり押しつけたみたいな──。

「やだ、私……ご、ごめん。汐ちゃんのこと、困らせちゃってた……？」

星原《ほしはら》の顔は青ざめていた。

すさまじい焦りが全身を駆け巡る。俺の一言が星原から笑顔を奪ってしまった。まずい。早くフォローしないと。

「や、違うよ星原。乗り気じゃないってのはあくまで過去の話で、今は、違うんだよ」

「そ……そうなの？」

とりあえず耳を貸してくれたが、納得している様子はない。俺が言ってもダメだ。そうだ、汐《うしお》だ。汐が「やってよかった」とさえ言ってくれたら、星原はきっと元気を取り戻す。

「そうだよな、汐？　最初はともかく……今は、違うよな？」

俺は汐に同意を求めた。

けど、汐は。

答えなかった。無表情で口を結び、じっとテーブルを見つめている。

俺は激しく困惑した。

なんで？　なんで、黙り込んじゃうんだよ。

「汐……？」

汐は、胸に溜《た》まっていたものを吐き出すように深く息をつく。気を落ち着かせる、というよりも、まるで俺たちに何かの猶予《ゆうよ》を与えるようだった。

「今もそうだよ。ジュリエットをやったこと、後悔してる」

淡々と、感情のない声で汐は言った。そして哀れみを含んだ目を、星原に向ける。

「ごめんね、夏希《なつき》。でも、これは本当だよ」

「違う！」

自分でも驚くほど、大きな声が出た。周りの客がこちらを見てきたが、構わなかった。

「絶対に違う。そんなこと、思ってないだろ。なんでそんな嘘《うそ》つくんだ。汐は……あのとき、言ってただろ、普通に褒められたのが、嬉《うれ》しか――」

「もう、帰ろうか」

俺の話を無視して汐は立ち上がった。鞄《かばん》を肩にかけ、レシートを掴《つか》み、一人でレジへと向かう。

星原は魂が抜けたように呆然《ぼうぜん》としていたが、やがてふらふらと立ち上がり、汐に続いた。

俺だけが、そこから動けなかった。混乱していた。汐がどうしてあんなことを言ったのか、理解できなかった。足下《あしもと》がぐらぐらして、現実感がない。嫌《いや》な夢を見ているみたいだ。ファミレスの喧噪《けんそう》が、遠く聞こえる。

チン、と呼び鈴の音が鼓膜に触れた。

音のしたほうを見ると、汐がレジの前に立っていた。会計を済ませるために、店員を呼び出そうとしている。

会計を済ませてしまえば、もうファミレスを出るしかなくなる。でも、ここにいても事態は好転しないし、俺がいなければ、汐《うしお》は俺の分まで支払いを済ませてしまいそうな気がした。まったく腑《ふ》に落ちないまま、俺はレジへと向かう。

支払いを済ませ、三人でファミレスを出た。外はもう、完全に夜だった。風がいやに冷たく感じるのは、焦燥による汗をかいているからだ。この最悪な雰囲気で幕を閉じることに大きな恐怖があった。

「ちょっと待ってくれ」

俺は駐輪場に向かおうとする二人を引き止めた。

「こんなの、おかしいだろ。ほんの数分前まで楽しく笑い合ってたのに……なんで、こんな険悪な空気にならなくちゃいけないんだ」

二人は答えない。星原《ほしはら》は気まずそうに俯《うつむ》くだけだし、汐はじっと冷めた目で俺を見ている。

俺は強く拳《こぶし》を握りしめた。

「なんか、言ってくれよ」

「……紙木《かみき》くん」

星原がゆっくりと顔を上げた。

「それと汐ちゃんも」

続いて汐のほうを見て、無理に作ったとひと目で分かる笑《え》みを浮かべた。

「なんか、ごめんんね。私、一人で舞い上がっちゃって、周りのこと見えてなかった。たしかに考えてみたら、本人の話もよく聞かずに推薦するの、よくなかったね……ごめんなさい」

ぺこりと汐に頭を下げる。

「でも、私、ほんとに汐ちゃんのジュリエットを見たくて。可愛《かわい》い衣装で、スポットライトを浴びたら、きっと素敵だろうから……」

そこまで言って、星原はまた顔を伏せてしまう。そして耐えきれなくなったように「今日はもう、帰るね」と言い、汐を追い越して駐輪場へと向かった。

「星原……」

俺の声は星原に届かなかった。あるいは、聞こえているけど星原を振り返らせるほどの力がなかったのか。どちらにせよ同じことだった。

自転車に乗って漕《こ》ぎだす星原を確認してから、汐は歩みを再開させた。

「……待てよ」

汐は足を止める。だが振り向かなかった。ファミレスの窓から漏《も》れる明かりが、汐の足下《あしもと》から染みのような黒い影を伸ばしていた。

「なんで、あんな嘘《うそ》ついたんだよ」

「嘘じゃないよ」

「……本当に、ジュリエットをやって後悔してるのか？」

「うん」

汐《うしお》は振り向く。その顔は、体育館の前で見たときと同じ――固い石を彫ったような、冷たい無表情だった。一瞬、俺はたじろぎそうになる。

「安心してよ。本番にはちゃんと出るから。咲馬《さくま》が困ることはないよ」

「そうじゃなくて……！」

どうしてあんなことを。

言いかけて、飲み込む。愚直に疑問を投げかけても、おそらく本音は引き出せない。だから、考えろ。言葉の裏側を読み取れ。前に俺は誓ったはずだ。言いづらいことがあるなら察するから、と。

今が、そうだ。

考えに考えて――カチ、と頭の中で何かが嚙《か》み合う音がした。

「俺と……星原《ほしはら》を、くっつけるためか？」

「……」

「自分のこと、邪魔者か何かだと思ったのか？　だからあんなこと言って、星原を突き放そうとしたのか？」

汐は答えない。

その沈黙を、俺は肯定と捉《とら》えた。途端に、猛烈なやるせなさと怒りに襲われる。

「そんな優しさ……俺はいらない」

声が震えた。裏切られた気分だった。俺が気づかないとでも思ったのだろうか。

「星原だけじゃない。汐だって、めちゃくちゃ辛《つら》いだろ。どうしてそんな……自分をダシにするような真似《まね》するんだよ。そんなの、誰も喜ばない……」

胸が苦しい。俺と星原をくっつけるにしても、他に方法があったはずだ。賢い汐ならいくらでも浮かぶはずだ。なんでその選択をしたんだ。

もしかして……星原といるのが本気で嫌《いや》になったのか？　なんでもいいから嫌われるようなことを言って、距離を取るつもりだったのか？　それとも本当に、ジュリエットをやったことを、後悔しているのか？　じゃあ、あのときの言葉はなんだったんだ。褒められたのが嬉《うれ》しかったって、汐、言ってただろ。あれは、その場しのぎの嘘《うそ》だったのか――？

言いたいことは無数にあった。けど正解と思えるものは一つもなくて、俺はただ汐を見つめることしかできなかった。

はぁ、と汐は息を吐く。そして、すべてを諦《あきら》めたような顔をした。

「咲馬には分からないよ」

そう言って、駐輪場へと足を向ける。

俺はその場に立ち尽くした。もう俺が何を言っても、余計に汐を苦しめるだけのような気がしていた。

「分かんねえよ……」

ぼそりと呟《つぶや》いた一言は、夜の闇《やみ》に溶けていった。

*

カタカタと揺れる窓の音で目が覚めた。

寝ぼけた目をこすりながらベッド脇《わき》の時計を見てみると、まだ七時だった。今日は日曜日で学校は休みだ。もう少し寝ていよう、と目をつむる。

すると、一昨日の出来事が脳内で勝手にリピートされた。和気あいあいとした空気が一瞬で凍りつき、アイスピックで刺されたみたいに崩壊する。

辛《つら》そうに笑う星原《ほしはら》、冷たい表情の汐《うしお》。そして別れ際に放たれた「咲馬《さくま》には分からないよ」の一言。あの日の光景が、時系列を無視して頭の中でぐるぐる回る。次第に鬱々《うつうつ》とした気分になってくる。

目を開けて、肺の空気を絞り出すように長い息を吐いた。

「……起きよ」

身体《からだ》を起こし、ベッドから降りる。

寝覚めの悪い朝だった。思えば昨夜も寝付きが悪かった。ああ言えばよかった、こう言えばよかった、などと反省を繰り返し、何一つ考えがまとまらないまま眠りについた。

自室を出て、階段を下りる。

洗面所で顔を洗い、台所に入って朝食の用意をした。バターを塗りたくったトーストと牛乳を注いだコップを持って、居間に入る。

居間には寝間着姿でソファにもたれる彩花《あやか》がいた。うえっとなるほどハチミツをかけたプレーンヨーグルトを口に運びながら、退屈そうに天気予報を見ている。

俺もソファに座り、食事を始める。

お天気キャスターの声と、風の音が部屋に響いている。外は薄暗く、雨もぱらついている。ちょうどテレビで、低気圧が云々《うんぬん》かんぬんと言っていた。明日には天気が回復するらしい。

「汐さん、もう家に来る予定ないの」

彩花がテレビに目を向けたまま言った。

珍しい。罵声《ばせい》以外で彩花から俺に声をかけてくるとは。だがそれ以上に、急というか、少々返答に困る質問だった。

「えっと……なんで?」

「や、別に用事があるわけじゃないけど。最近、家に来ないから」

最近――正確には夏休みが終わってからだ。平日の授業が始まり、汐の「家にいづらい」という悩みは、解決とまではいかなくとも多少マシになったのだろう。だから俺の家を避難所にする理由が薄くなった。

彩花《あやか》はこちらを向いて、ちょっと寂しげに目を細める。

「もう来ないの？」

俺は心苦しさを覚える。

夏休みに汐《うしお》が俺の家を訪ねるようになってから、一度、彩花を交えた俺と汐の三人でゲームをしたことがある。最初は緊張していた彩花だが、徐々に汐と打ち解けていった。あのとき、彩花は俺の前で久しぶりに笑顔を見せたし、汐も嬉《うれ》しそうにしていた。

また汐と遊びたい。きっと彩花はそう考えている。俺だって同じだ。

でも……。

「どうだろうな……誘ったら、来るかもしんないけど」

「何、喧嘩《けんか》でもしたの？」

「喧嘩……」

あれは、喧嘩なのだろうか。違う。ただの行き違いだ。善意の方向が、ことごとく噛《か》み合わなかっただけだ。

考えてみれば、以前から俺たちは行き違ってばかりだった。三人で水族館に行ったときも、星原《ほしはら》がジュリエットに汐を推したときも……行き違いを何度も繰り返すたびに消耗し、それが一昨夜、目に見える形で破綻《はたん》した。

そう。前から兆候はあったのだ。

「喧嘩なら謝っときなよ」

彩花がテレビに視線を戻す。

「どうせお兄が悪いんだから」

「……そうだな」

もっと賢く立ち回りたかった。賢さでどうにかなる問題なのかは分からないが、もっと俺の頭の回転が速ければ、事態はこれほど深刻にはなっていなかったはずだ。

無力感に苛《さいな》まれながらトーストを齧《かじ》る。端っこのほうが焦げていて、口に苦みが広がった。

「いや、真に受けないでよ」

ちょっと驚いたように彩花が言う。

「ほんとに喧嘩したの？」

「いや、喧嘩じゃない。ちょっと行き違いがあっただけだ」

「……そう」

喧嘩じゃないと聞いて安心したのか、彩花は深入りすることなくヨーグルトを口に運んだ。

「よく分かんないけど、ちゃんと話し合ったほうがいいよ」

「まぁな……」

分かっている。けど、それが一番難しいのだ。なんでもかんでも言葉にすれば、理解し合えるわけではない。むしろ言葉にすることで生まれる軋轢《あつれき》もある。特に俺たちに関していえば、口にするべきではないことが多々ある。

俺が星原《ほしはら》を好きなこと。その星原は汐《うしお》に対して特別な感情を抱いていること。そして、汐はというと――。

「……難しいな」

俺は牛乳を飲んだ。

幼馴染《おさななじみ》として、何がなんでも汐の事情に介入する――夏休みの前日に、俺は汐にそう言った。その言葉さえも、今では正しいのか自信がない。

カチャ、と彩花《あやか》が空になった皿にスプーンを置き、立ち上がった。

「汐さん、また連れてきてよ」

彩花はさらりと言い放つと、そっぽを向いて、

「別に、無理にとは言わないけど」

と、自信がなさそうに付け足した。

俺は唖然《あぜん》としてしばらく固まってしまった。だが、すぐ我に返って頷《うなず》いた。

「そうだな。また誘ってみるよ」

「ん」

食器をまとめて、彩花は台所へ向かう。姿が見えなくなると、俺はソファに深くもたれかかった。

彩花は、俺たちの事情をほとんど何も知らない。けど何気なく放たれたあの一言に、ちょっとだけ勇気をもらった。俺が都合のいいように解釈しているだけかもしれないけど、それでも、まだ汐のことを諦《あきら》めたくなかった。

＊

月曜日が来た。

いつもの通学路を自転車で突っ切る。顔に当たる風は冷たく、田んぼは黄金《こがね》色に色づいている。もうすっかり秋だ。昨日の風雨が、夏の残滓《ざんし》を吹き飛ばしてしまったのかもしれない。

校門を抜けると、そこらじゅうにブルーシートを被《かぶ》せた各クラスの展示物がある。サイズは大小様々で、軽自動車くらいのものから、校舎の二階にまで達するものもあった。

駐輪場に自転車を停《と》め、俺は昇降口へと向かう。

その途中で、足を止めた。校舎の壁際に数人の人だかりができている。そこに集まる生徒はほとんどが実行委員で、さらに、皆一様に深刻そうな顔つきをしていた。

胸騒ぎがした。

進路を変えてその人だかりに近寄ると、俺は彼らの視線の先にあるものに気がつく。

一瞬、大きなゴミかと思った。

いびつな形をした発泡スチロールの塊だ。全体的に色が塗られている。とがった部分は折れ曲がり、中の骨組みが覗《のぞ》いていた。

これは……ゴミじゃない。見覚えがある。

文化祭の日、校門に設置される予定のアーチだ。

「ひどいな……」

思わず声が漏《も》れた。

原形を留《とど》めていない。おそらく風で飛ばされたのだろう。ところどころに葉っぱがくっつき、土で汚れている。修復には相当時間がかかりそうだ。他のパーツは、無事なんだろうか。土台部分が見当たらないが、別の場所で保管されているのか、それとも違うところに飛ばされたのか……。

不意に、完成を喜んでいた星原《ほしはら》の顔が脳裏に浮かんだ。悲しくなると同時に、やりきれない思いがこみ上げてくる。

どうして、こんなことに。

「うわっ、なんだこれ」

遠慮のない声が割り込んできた。

陸上部の能井《のい》だ。朝練を終えたところなのか、前髪が汗で束になっていた。アーチだったものを見つめ、顔を引きつらしている。

「これ、アーチか？　誰も補強しなかったのかよ」

「したよ」

近くにいた男子が抗議した。

「ちゃんとブルーシートを被《かぶ》せて重りで留めた……それでも、風が強かったんだ」

その男子が気に障ったのか、能井は不機嫌そうに眉《まゆ》を寄せる。

「じゃあなんで外に置いてんだよ。こんな軽いもん、風が吹いたら飛ばされるってことくらいバカでも分かるだろ」

「それは……だって、実行委員長が外に運んどけって言ったから」

ぱた、と後ろから音が聞こえた。

そこに集まっていた生徒が一斉に振り向く。

星原が、呆然《ぼうぜん》と立ち尽くしていた。肩からずり落ちたであろう学生鞄《かばん》が、彼女の足下《あしもと》に倒れている。

「おい実行委員長。今の話、本当か？」

能井が問う。

「なんで外に置いたんだよ」

星原は足下に落ちた鞄を拾い上げ、困惑したように視線を泳がせた。

「その、屋内のスペースがかぎられてて……一年生の展示物に、場所を譲ったから」

「他クラスを優先したのかよ」

能井《のい》が舌打ちすると、星原《ほしはら》は叱《しか》られたように萎縮《いしゅく》した。

事情を知っている実行委員はこの場にもいるだろうに、誰も星原をフォローしようとしない。どころか、星原に対する批判的な空気が形成されつつあるのを感じた。その雰囲気に耐えられなくて、俺は擁護を試みる。

「仕方ないだろ。誰も、あんなに天気が崩れるなんて思ってなかったんだから。それに、壊れちゃったもんは、もう直すしかない」

「あ?」

能井は眉《まゆ》をひそめ、俺に詰め寄る。

「そりゃ帰宅部のお前にとっちゃ些細《ささい》な問題だろうな。放課後は時間があり余ってるんだから。でも部活があるヤツは、練習時間を削って作業してるんだぞ。気軽に直せばいいなんて言うなよ」

俺は、何も言い返せなかった。能井の言っていることは間違いではない。

「そうだよ」「ただでさえ忙しいのに……」「部活、どうすんの」

ひそひそと、周りからそんな声が聞こえてくる。擁護したつもりが逆効果になってしまったかもしれない。俺は歯嚙《はが》みしながら次の手を考えた。

「……無理して直さなくてもいいよ」

星原が、俯《うつむ》きがちに言った。

と思ったら、顔を上げ、一転して笑顔になる。

「大丈夫！　みんなは今までどおり自分の仕事に集中してて。壊れたアーチは……なんとかするから」

「なんとかって……」

思わず口を出したが、返事はない。星原は一人でアーチのもとへ寄った。

そう言って、一人でアーチを持ち上げようとする。重さは大したことないが、いかんせんサ

「とりあえず、違う場所に移すよ。また飛ばされちゃうかもしれないし」

イズが大きいので一人で運ぶのは無理だ。俺は慌てて星原を手伝った。

アーチを持ち上げ、そのまま人気《ひとけ》の少ない体育館裏まで運ぶ。ブルーシートを被《かぶ》せると風に飛ばされやすくなるので、備品のトラロープを取ってきて、壁に固定した。

「ごめん、助かった」

星原は抑揚のない声でお礼を言う。ぱっと見は無表情だが、おそらく内面では激しい感情が荒波のように渦巻いている。俺には今の星原が、心を冷たくして、負の感情を押し殺そうとしているように見えた。

「……あんまり、気にしなくていいと思うぞ。まだ文化祭まで時間はあるし、俺も直すの手伝うから」

「うん」

「それと……」

言おうかどうか悩んだが、この機会を逃すとずっと言えなくなるような気がして、俺は続ける。

「前の、ファミレスで汐《うしお》が言ったこと。あれも、気にする必要ないから。汐は……星原《ほしはら》のことが嫌いで言ったんじゃなくて——」

俺の言葉を遮《さえぎ》るようにして、HRの予鈴が鳴った。校内放送のスピーカーが近いせいでやたらと音が大きく、俺の声はかき消されてしまう。タイミングも場所も悪い。

チャイムが鳴り終わると、星原は無理に少しだけ口角を上げた。

「遅刻しちゃうよ」

言って、校舎へと歩きだす。

話を戻す気にもなれず、俺は後ろ髪を引かれる思いで星原の背中を追った。


「そんなに気になるか」

昼休み。二人で弁当を食べていたら、出し抜けに蓮見《はすみ》がそう言った。

「な、何が?」

とぼけてみたが、蓮見の言いたいことは明白だった。

星原と、そして汐のことだ。授業中も、ずっとその二人に気を取られていた。さっきもそうだった。今日も汐と星原は、いつもと同じように、一つの机で向かい合って食事をしている。だが二人とも黙々と箸を動かすだけで、まったく会話が聞こえてこない。傍《はた》から見ているだけでも、息が詰まる状況だった。

「なんかあったの」

「まぁ……うん。いろいろ」

「文化祭のアーチのこと？　なんか、壊れちゃったっていう」

「あれ、知ってんの？」

「友達から聞いた」

情報が早い。その友達が実行委員なのか、それともアーチの話は他の生徒にも知れ渡っているのか。なんとなく、後者だったら嫌《いや》だなと感じた。

「土台のパーツは無事だったんだけど、屋根の破損がひどくてな。まぁ急いで直せば間に合うと思うけど……」

問題は星原だ。おそらくアーチを外に移動させた件で、かなり責任を感じている。ただでさえ汐とのあれこれで傷心しているだろうときに、今回の事故は相当堪《こた》えたはずだ。

俺は授業のあいだに、自分のすべきことを考えた。

まずはアーチの修復に全力を注《そそ》ぎ、かつ汐と星原の仲を取り持つ。難題だが、指をくわえて見ているわけにはいかなかった。文化祭が終わるまでには、片を付けたい。

「面倒くさそう」

蓮見《はすみ》は至極どうでもよさそうに言う。

「そうだな、面倒くさいよ」

でも、と言って俺は続ける。

「大事なことだから」


放課後になった。

周りのクラスメイトは、だらだらと帰り支度をしたり、教室の机を移動させたりする。文化祭が近づくにつれ、演技の練習や舞台の準備に参加する人が多くなってきた。

そのなかで星原《ほしはら》は、荷物をまとめて誰よりも早くに教室を出る。アーチの修復に集中するため、実行委員長の仕事を早めに終わらせるつもりなのかもしれない。

俺は鞄《かばん》を肩にかけ、軽く深呼吸してから、汐《うしお》のもとへと向かった。

「あのさ」

声をかけると、汐は席に着いたままこちらを向いた。

「何？」

驚くでもうっとうしがるでもなく、汐は淡々とした様子だった。ファミレスでの一件から、どうも汐の表情が読めなくなっている。

「ごめん。今日の練習、たぶん出られない。文化祭当日まで、ちょっと忙しくなりそうで」

「いいよ、そっちを優先してもらって。ロミオの演技は安定してきてるし、多少練習を減らしても問題ないと思う」

丁寧な返事だ。もっと素っ気ない反応が返ってくるかと思っていたので、肩透かしを食らう。俺の考えすぎなのだろうか。

「……悪いな」

汐に一言謝ってから、俺は教室を後にした。

仮に俺の考えすぎだとしても、ファミレスでの出来事は無視できない。いずれちゃんと話し合って、このわだかまりをなくしたいところだ。けど今は、アーチを直すことに集中しないと。文化祭当日までに完成させなければ、星原の立つ瀬がなくなる。

気を引き締めて、俺は体育館の裏へと足を運んだ。

「あれ？」

今朝、運んだはずのアーチがなかった。

まさか粗大ゴミと間違われて捨てられたんじゃ、と考えて血の気が引いた。もしそうだったらどうしよう。や、やばい。

あたふたしていたら、体育館の小窓からきゅきゅっと発泡スチロールが擦《こす》れる音がした。

中を覗《のぞ》いてみると、外に置いていたアーチが館内に運ばれていた。すでに数人の実行委員が修復に勤《いそ》しんでいる。

その光景に、肩の力が抜けた。よかった、捨てられていない。それに、手伝ってくれる人もいる。星原《ほしはら》の指示だろうか？　最悪、俺と星原だけで修復に当たることも考えていたので、心強かった。

俺も体育館に入って作業に加わる。周りの実行委員と手を動かしているうちに、この修復作業が星原ではなく、生徒会長の指示だという話が耳に入ってきた。

「なんか、責任感じてたらしいよ。慣れないことさせたって」

「えー、めっちゃいい人。まぁ実際てんやわんやだったもんねー、星原ちゃん」

隣の三年生は、新しい発泡スチロールをゴリゴリ削りながら、口を動かす。俺が思っている以上に、ちゃんと情報共有されていたらしい。

こうもあっさりアーチの問題を解決できたのは嬉《うれ》しい誤算だ。反感を抱く実行委員も中にはいるだろうが、生徒会長の指示なら従ってくれるはず。

あとは、星原の元気を取り戻せれば——。

「誰か星原さん見なかった？」

俺たちのもとに駆けてきた女子生徒がそんなことを訊《き》いてきた。たしか生徒会で会計を担当している人だ。問われた実行委員たちは、いずれも知らないことを返事や態度で示した。

何かあったのだろうか。

「星原さん、生徒会室に来てなくて。まだお仕事残ってるんだけどな……」

「サボりじゃねえの」

三年生の男子が投げやりに言う。星原がサボるわけないだろ！　という言葉を飲み込んで、俺はポケットから携帯を取り出した。

「連絡先知ってるんで、ちょっと電話してみます」

星原の番号にかける。が。

『おかけになった電話は、電波の届かない場所にあるか――』

出なかった。

俺が首を横に振ると、会計の人は渋い顔をした。

「う〜ん、帰っちゃったのかなぁ。サボるような子じゃないと思ってたんだけど……まぁ、いっか。邪魔してごめんなさい」

会計の人は帰っていく。

急を要する事態ではなさそうだが、俺は不安になった。会計の人も言ったとおり、星原はサボるような子じゃない。とすれば、何かあったのだ。

「すいません、ちょっと外します」

一言入れてから、俺は体育館を出た。

昇降口で星原《ほしはら》のシューズボックスを確認してみたら、まだ靴はあった。なら学校のどこかにいるはずだ。廊下を進み、総当たりのつもりで、普通棟から特別棟までを捜し回る。が、星原の姿はどこにもない。

部室やトイレを除いて、他に捜していないところは……あそこくらいか。

デジャブを感じながら階段を上る。屋上の手前まで来たところで、階段に座り込む星原を見つけた。ビンゴだ。汐《うしお》も、以前はここに逃げ込んでいた。あまり人気《ひとけ》がなく静かなので、現実逃避できる場所としては優れているのかも……などと思いながら足を進めると、気配に気づいたのか、星原が顔を上げた。

「か、紙木《かみき》くん？　なんでこんなところに……」

驚いている。だがそれ以上に元気がない様子だった。

「星原のこと捜してたんだ。生徒会の人がいないって言ってたから」

「え、急用かな」

「さあ……そんな急ぎな感じではなかったけど」

「じゃあ、いいや」

あっさりと諦《あきら》める。なんだか星原らしくなかった。

「戻らないのか？」

「うん。私なんかいなくても大丈夫だから」

「そんなこと……」

「あるよ」

星原は自分の膝《ひざ》を抱きしめた。

「昼休みにね。生徒会長にアーチのこと報告したら、あとは任せてくれ、って言われたの。そしたら、手の空いてる実行委員をぱぱっと修復に割り振って、ついでに滞ってた書類の申請も簡単に済ませちゃって。それ見て、思ったんだよね。私、いらないじゃん、って」

小さく自嘲《じちょう》して、続ける。

「むしろ、私がいてもみんなの足を引っ張るだけなんだよ。アーチを外に動かしたこともそうだし、予算の計算とかもしょっちゅう間違えてた……それに」

星原はうなだれる。前髪がカーテンのように垂れ下がり、顔を隠した。

「汐ちゃんのことも、傷つけた」

「あれは違う」

俺は即座に弁護する。

「汐は、嫌々《いやいや》ジュリエットをやってるわけじゃない。最初、乗り気じゃなかったのは本当だ。けど実際ジュリエットを演じてみたら、みんな、汐のことを褒めたんだ。すごいとか、本物の女優みたいとか言って。それを聞いたときの汐は、間違いなく、喜んでた……はずなんだよ。だから汐が後悔してるって言ってたのは、何かの間違いだ。三人でちゃんと話せば、誤解は解ける」

とても論理的とはいえない、感情に任せた説得。今はこれが精一杯だった。正直な思いをそのままの形でぶつけたら、星原《ほしはら》も少しは考え直してくれるはず――。

そうなることを期待したが、星原はうなだれたまま、かぶりを振った。

「違うよ」

「何が」

「ジュリエットのこともそうだけど……水族館のあれは、絶対よくなかった」

水族館のあれ、が指しているものに気づくまで、少し時間がかかった。

おそらく、汐《うしお》からキスの理由を訊《き》いたときの話だろう。顔を真っ青にして、言葉を絞り出そうとする汐の姿が、想起される。帰りの電車で、キスの件を掘り下げたことを後悔する星原の姿も。

「応援してるとか言って、結局、汐ちゃんを傷つけただけだった。やることなすこと、全部、裏目に出る。もう、何もしたくない……」

ぎゅう、と星原は腕に力を入れて、小さくなる。まるで見えない何かに、押し潰《つぶ》されそうになっているみたいだった。

そんな星原の姿に、俺は、胸を締め付けられた。

「……分かるよ、星原」

すごく、よく分かる。

俺だってそうだ。相手が汐じゃなくても、何か行動を起こすたび、自分の無知と浅慮に打ちのめされる。そして夜《よ》な夜《よ》な布団の中で、一人反省会を開く。殻に閉じこもって、何もしたくなくなる。

何も言わなければ、誰も傷つけずに済む。だからそういう意味での「何もしない」は、きっと間違いじゃない。それも一つの正しい選択だ。尊重されるべきだ。

けど……塞《ふさ》ぎ込んでたら、何も始まらない。

当たり前だが、何もしなければ、びっくりするほど何も始まらないのだ。そして時間が経《た》って、あのときああしていればと後悔する。もちろん、その何もしない時間に価値を見いだす人もいるだろう。けど誰にでも優しい星原にとって、何もしないことは、却《かえ》って自分を苦しめることになる。

……いや、本当にそうか？

本当に、何もしないことが星原にとって悪いことなんだろうか。汐から距離を取って、前みたいに真島《ましま》や椎名《しいな》たちと仲よくやっているほうが、彼女にとって幸せかもしれない。星原のことを真に想《おも》うなら、何もしないという選択をした彼女を、認めてあげるべきなんじゃないか。

そもそも、俺が偉そうにアドバイスできる立場なのか？　俺よりも星原《ほしはら》のほうがずっと友達が多くて、人との付き合い方も分かっているはずだ。片手で数えるくらいしか友達がいない俺が、星原に言えることなんてあるのか。

ああ、ダメだ。

考えれば考えるほど、分からなくなってくる。絶対的な正解なんてない。それは分かっている。けど、俺は、なんというか、妥協したくないのだ。いかにもありがちで前向きなフレーズをなぞって、なんとなく正しそうだからそうしとこう、みたいな感じで適当に片付けたくないのだ。自分で考えて、自分の結論を出したいのだ。

いや……でも。なんとなく正しそう、みたいな感覚は、長い年月と学校の教育なんかで培われた価値観であって、それ自体は安易に否定していいものじゃない。正誤の判断は、直感的な感情に任せたほうがいいこともある。むしろ今までの俺なら、そうしていた。

じゃあ、なんで今回は、こんなにも悩んでいるんだろう。

一体、どうして——。

「……紙木《かみき》くん？」

いつの間にか、星原は顔を上げていた。急に黙り込んだ俺のことを不審に思ったのだろう。怪訝《けげん》そうな目で俺を見つめている。

「いや、えっと」

適当な言葉で間《ま》を埋める。

最初は星原を励ますつもりで思考していた。それが今では濁流のように流れ込んできた懐疑の波に、全身を呑《の》まれそうになっている。なんとか息継ぎをするように、俺は声を出す。

「なんか……何も、分からなくなってきた」

「え……。さっき、分かるよ、って……」

「いや……分かったように振る舞ってただけだ。本当は、何も分かってない。言葉も、思いも、全部、ただの借り物で……俺に自分なんてもの、一つもなかった……」

喋《しゃべ》っているうちに、すごく悲しくなってきた。胸が細い糸でキリキリと締め付けられるように痛む。

なんで、こんなにも辛《つら》いんだろう。俺は何に苦しめられているのだろう。俺だけか？　こんなに悩んでいるのは……。

いや、決してそんなことはない。俺みたいなどこにでもいる男子高校生よりも……たとえば複雑な心を持った汐《うしお》のほうが、ずっとずっと悩んだはずだ。汐は俺と違って、たぶん、世の中に共感できるものの数が少ないから。自分自身を、自分で見定めるしかなかった。だから俺よりも何十倍も、自分と向き合ってきた時間は長いはずだ。

だから、俺の悩みなんて、結局、ちっぽけなもので。誰もが抱いたことのある、ありふれたものので。それがなぜだか、たまらなく悲しい。どうせなら、自分の悩みはもっと、特別なものであってほしかった。そんなのは、あまりに贅沢《ぜいたく》で、傲慢《ごうまん》な考えだけど。

クソ、ネガティブな思考が止まらない。

自己否定に自己否定を重ねて、同じところをぐるぐる回りながら、心だけが暗い場所に沈んでいく。今まで正しいと思っていたことが、あやふやになっていく。

目の奥が熱くなってきた。湧《わ》き上がる悲嘆を押さえ込むように奥歯を噛《か》みしめ、俺は俯《うつむ》く。

しばらくそうしていると、星原《ほしはら》の足先が視界に入り込んだ。その足は俺より一段高いところで止まる。

顔を上げようとしたら——ぽん、と頭の上に手を置かれた。

突然の接触に、俺はびっくりして身体《からだ》が固まる。

「紙木《かみき》くんも、分からないんだね」

鼓膜にそっと声が触れた。同時に、頭を撫《な》でられる。

「私、自分がバカだから、分かんないんだと思ってた。けど、物知りな紙木くんでもそんなに悩むなら、私が分かんなくても、仕方ないのかな」

「……違う」

俺は俯《うつむ》いたまま否定する。星原の手を振り払う気にはなれなかった。

「星原はバカじゃないし、俺は物知りなんかじゃない。これは、賢さとか教養の話じゃなくて、もっと、根本的な……意識の、話なんだよ」

「……よく分かんないよ。でも、そんなに辛《つら》くなるまで、考えなくてもいいと思う」

「でも」

「大丈夫だよ」

雪を溶かすような優しい声に、俺は身体《からだ》から力が抜けていくのを感じた。

「紙木《かみき》くんは、大丈夫」

繰り返すと、星原《ほしはら》は少しだけ手に力を込めた。毛羽立っていた感情が、手の動きに合わせて静かに撫《な》でつけられていく。

何も、大丈夫じゃない。分かっている。星原は単に俺を励まそうとして言っているだけだ。そこに理屈は存在しない。具体性などかけらもない。俺を、励まそうとしているだけ。

だから、なのか。

混じりけのない優しさが、胸に流れ込んでくる。あまりに心地がよくて、その一言にすべてを委《ゆだ》ねたくなった。


今は、それでいいのかもしれない。

星原は、ゆっくりと手を戻した。落ち着く重みがなくなって、一瞬、物寂しさを覚える。だが、もう辛さは感じなかった。

「紙木くん」

星原が呼ぶ。

「話してくれて、ありがとう」

「……いや。俺のほうこそ、助かった。なんか、いろいろクリアになった気がする」

星原はにっこり微笑《ほほえ》むと、俺を追い抜いて、階段を下りていった。

「戻らなきゃ。まずはみんなに謝って、お仕事しないと。私にもできること、何かあるはずだから」

踊り場まで下りたところで、星原はくるっと振り向く。

「行かないの？」

「あ、いや、行く」

俺は慌てて階段を下りる。

星原を連れ戻しに来ただけなのに、情けない姿を晒《さら》してしまった。そのうえ慰められた。穴があったら入りたい。でも、今は身体が軽かった。肩の荷が下りた気分だ。一時的な解放感かもしれないが、心のモヤは晴れていた。

結局、何も分からずじまいで。

だけど分からないなりに、自分の歩むべき道らしきものが見えてきた。

屋上前を離れて、俺と星原《ほしはら》は生徒会室へと向かっていた。

星原は緊張した様子だった。短い時間とはいえ、実行委員長の仕事を放棄したことで、怒られたり失望されたりしないか不安を感じているのだろう。何か気の利いた一言でもかけてやりたいところだが、なかなか思い浮かばず、思案しているうちに生徒会室の前まで来てしまった。

星原は自分の胸に手を当てて、深呼吸を始める。

「大丈夫か？」

心配して声をかけると、星原は眉《まゆ》をハの字にして笑《え》みを作った。

「あはは……手、震えちゃってる。違う人が実行委員長になってたらどうしよ」

「いや、さすがにそれはないと思うぞ……」

実行委員長が替わるなんて話は聞いたことがない。そもそも、今になって実行委員長をやりたがる生徒が出てくるとも思えなかった。

「そんな簡単に辞めさせられたりしないだろ。星原が続けるしかないよ」

「それはそれでプレッシャーなんだけど……でも、そのとおりだね」

星原は気を引き締めるように、握りこぶしをぐっと胸元まで上げる。

「私がやるって言ったんだから、最後まで頑張らなきゃ」

「ああ、その意気だ」

「よし」

星原は瞳《ひとみ》に決意を漲《みなぎ》らせた。最後にもう一度深呼吸して、勢いよく生徒会室の扉を開く。

「サボってごめんなさい！」

生徒会室に入るなり、星原は大きな声で謝った。同時に、ほぼ直角に頭を下げる。室内にいる実行委員や生徒会の面々は、手を止めて星原のほうを見た。突然の謝罪に、みな唖然《あぜん》としている。俺は星原の背後から、ヒヤヒヤしながら成り行きを見守った。

数秒の沈黙を挟んで、

「別に気にしてないよ」

と一人の先輩が笑いながら言った。その一言を皮切りに、周りの生徒も「気にしないで」とか「大丈夫っすよ」とか、星原を赦《ゆる》す声がちらほら上がった。そして各自、自分の仕事に戻っていく。

淡泊な反応だった。頭を上げた星原は、なんとも微妙な表情をしている。気持ちは分かる。叱責《しっせき》が発生しないのは、周りの実行委員が親切だからか、元より期待されていなかったからか。その判別ができていないのだろう。俺は前者だと信じているが、確証はない。

俺のほうから何かフォローするべきなのだろうか、と考えていると、一人の男子生徒が席を立った。生徒会長だ。毅然《きぜん》とした面持《おもも》ちで星原のもとへと近づく。星原は身を固くした。

「一年生の生徒から星原に伝言を預かってる。聞きたいか？」

「わ、私にですか？」

「ああ。場所を譲ってくれてありがとうございました……だとさ。一年B組の生徒だよ。ほら、君がアーチを移動させる原因になったクラスだ」

「あ……」

星原《ほしはら》が目を丸くすると、生徒会長は表情を緩めた。

「君がアーチを動かさなかったら、一年生の展示物が犠牲になっていたかもしれないな」

だから気にするな、と付け足して、生徒会長は自分の席に戻っていった。

残された星原は、心から安堵《あんど》したようにため息を漏《も》らす。

「……よかった」

憂いが晴れていく星原を見て、俺も胸のつかえが下りた感じがした。本当によかった。星原の行いには、ちゃんと意味があったのだ。最善ではなくとも、決して無駄な行動ではなかった。

「ほら、ぼーっとしてないで、まだ仕事は残ってんだから働く！」

他の実行委員が活を入れると、星原は慌てて自分の席へ向かった。

俺も体育館に戻ろう。アーチの修復を急がなければ。

*

昨日だけで、修復はかなり進んだ。あれなら文化祭当日までには、余裕をもって間に合うだろう。ちょっと拍子抜けなくらい、順調に事は進んでいる。星原も無事、立ち直れたことだし、これで万事解決――。

ではない。

まだ問題が残っている。

俺は蓮見《はすみ》と弁当を食べながら、星原のほうに目をやった。

今日の昼休みも、一応、星原と汐《うしお》は二人で食事を取っている。昨日と違うのは、星原がなんとか場を盛り上げようとしているところだ。そんな星原に汐は、冷めた様子で相槌《あいづち》を打っている。遠目に見ても、ぎくしゃくした雰囲気だった。

二人のあいだには、明らかに溝がある。星原のほうから汐に歩み寄ろうとしているのは見て取れるが、効果的に働いている気配はない。汐の心は閉じている。

次第に星原の口数は少なくなり、やがて完全に黙り込んでしまった。

――あっちに行ってみようかな。

俺も何か行動を起こしたほうがいいだろう。放課後はアーチの修復で忙しいし、気軽に話せるのは昼休みくらいのものだ。ただ見ているだけというのも落ち着かない。星原に加勢するつもりで、様子を見に行こう。

「蓮見、ちょっと席外していいか」

「うん」

理由も訊《き》かずに、「うん」の一言だけで見送ってくれる蓮見《はすみ》のことがありがたかった。単に興味がないだけかもしれないが。

俺は食べかけの弁当を抱《かか》え、汐《うしお》の机に近づく。俺が声をかけるよりも先に、星原《ほしはら》と汐がこちらに気づいた。星原は破顔し、汐は苦々しい表情を浮かべる。対照的な反応に、俺は複雑な気持ちになる。

「弁当、一緒に食べてもいいか？」

「……まぁ、別にいいけど」

不承不承といった様子で汐は承諾する。

一つの机に、三人分の弁当が載《の》る。正直ちょっと狭かった。けど周りにくっつけられそうな机もないので、このまま食事を始める。俺は星原に代わって、場を繋《つな》ぐように会話を切り出した。

「星原の弁当、小さいな……それで足りるのか？」

話を振ると、星原は少しホッとしたような表情になった。

「全然足りるよ！　紙木《かみき》くん、夜はあんなに食べるのに、とか思ったでしょ」

「まぁ、うん」

「昼と夜とじゃ胃のコミュニティが違うんだよ。だからお昼ご飯はこれでいいの」

……？

「胃のコミュニティってなんだ。お腹に誰か住んでるのか」

「自分でもちょっと違うなって思った。なんて言うんだっけ。どれくらい入るか、ってやつ」

「えーっと」

考えながら、俺はちらちらと汐を見る。

視線に気づいた汐は、うんざりしたように、

「……キャパシティ」

「それだ」

俺は声を上げる。すかさず星原が「さすが！」と合いの手を入れる。

「そうそう、キャパシティね。ど忘れしてた。汐ちゃんのお弁当箱も、キャパシティ小っちゃいよね」

「そうかな」

「うん。……あ、玉子焼き残してる。汐ちゃんって、好きなものは最後に残す派？」

「あのさ」

汐は箸を置いた。迷惑そうな顔で、俺と星原を交互に見る。

「二人とも、気を使わなくていいよ」

「いや、そういうわけじゃ」

俺が反射的に否定すると、汐は鋭く目を細めた。

「じゃあなんで咲馬《さくま》はここにいるの？　いつもは蓮見《はすみ》くんと食べてるよね」

「それは……なんとなく……」

話にならない、とでもいうように汐《うしお》は嘆息し、今度は星原《ほしはら》に目をやる。

「夏希《なつき》は？　なんで、今日はやたらと構ってくるの」

「い、いつもこんな感じだよ」

「違うでしょ。昨日はほとんど喋《しゃべ》らなかったじゃん。明らかに不自然だよ」

汐は腹立たしそうに言う。

胸の中でもくもくと後悔が膨れ上がる。アプローチを間違えた。俺は、ここに来るべきではなかったかも――いや、後悔するのはまだ早い。汐の言うとおり、気を使うだけじゃダメだ。それじゃ何も進展しない。ちゃんと、正直に話し合わないと。

「不自然なのは汐のほうだよ」

あさりの中の砂を「ジャリッ」と噛《か》んだような、俺はそういう不快感を覚えた。言葉を間違えたかもしれない。

「なんで？」

汐の声には苛立《いらだ》ちがあった。俺は口に不快感を残したまま答える。

「ファミレスでの態度、おかしかっただろ。三人で楽しく喋ってたのに、いきなり冷たくなって……あれが不自然じゃないなら、なんなんだ」

そうじゃない、という思いが胸に湧《わ》く。もっと角《かど》の立たない言い方があるはずなのに、無遠慮な発言しかできない自分がもどかしかった。

「別に、正直に答えただけだよ」

「嘘《うそ》だ。以前の汐なら、あんなこと言わなかった」

汐の顔がさっと険に染まる。

「以前の汐、って何？」

刃先を向けるように問う。俺は言葉に詰まった。

「咲馬にとって、ぼくはどういう人なの？　温厚で愚痴一つ吐かない優しくて理性的な人？　そんなイメージを押しつけられても、困る」

「そ、そういうことを言いたいんじゃ……」

「もういいよ」

汐は食べかけの弁当を片付け始めた。星原は何か言いたげに口を動かしているが、声は出てこない。俺も同じようなものだ。なんとかしなきゃ、と頭では考えているものの、行動に移せない。

汐は弁当を持って立ち上がり、教室の出口に身体《からだ》を向ける。そこで逡巡《しゅんじゅん》するような間《ま》を置いてから、後ろ髪を引かれるように俺たちを一瞥《いちべつ》した。

「……ごめん、残りは食堂で食べる。今は一人にさせてほしい」

そう言って、教室から出て行く。

星原《ほしはら》は腰を浮かせていたが、ついに立ち上がることなく、がくりとうなだれた。

俺は頭を抱《かか》える。完全にしくじった。感情だけが先走って、汐《うしお》の気持ちをおろそかにしていた。もっと考えてから話すべきだった。

イメージの押しつけだというのは否定できない。結局、俺は、自分の理想から逸脱しようとする汐を恐れていただけだ。それで「以前の汐」なるイメージに、汐を押し込もうとしていた。そうすれば、手っ取り早く理解できると思っていたから。でもそんな方法は間違っている。これでは西園《にしぞの》と変わらない。

星原がため息を吐いた。

「……やっぱり、何も言わないほうがいいのかな」

俺は答えられなかった。

やっと見えてきたはずの自分の進むべき道に、濃霧が立ちこめている。また振り出しに戻った。本当に、どうすればいいんだろう——。

「うわっ、辛気くさ。誰か死んだの?」

軽薄な声が、俺たちの沈黙を切り裂く。

声のしたほうを見ると、世良《せら》がいた。いつ2—Aに入ってきたのだろう。不敵な笑《え》みを浮かべて、空いた汐の椅子《いす》に座った。星原が露骨に嫌《いや》そうな顔をしたが、世良はまったく気に留めなかった。

「さっき廊下で汐とすれ違ったんだけどさ。もしかして、喧嘩《けんか》でもした？」

「別に、喧嘩じゃない。ちょっと……接し方を間違えただけだ」

「ほーん」

まるで興味がなさそうな返事をして、世良は俺の弁当からすっと玉子焼きをくすねた。

「あっ、お前」

「む。咲馬《さくま》んちの玉子焼きはダシ派かぁ。いいね。僕もこっちのほうが好き」

もぐもぐと咀嚼《そしゃく》しながら、世良は舌鼓を打つ。クソ、ちょっと楽しみにしてたのに……。

玉子焼きを飲み込むと、世良は指を舐《な》めながらふっと鼻で笑った。

「ま、君たちが汐に寄り添うのは無理だと思うよ」

まるで俺たちのすべてを見透かしてきたような発言だった。

カッとなって、反駁《はんばく》したい衝動が生まれる。だが俺が口を開くよりも先に、星原が食いかかった。

「なんでそんなこと言うの？」

「おっと、怒らないでよ。別に君たちを侮《あなど》ってるわけじゃないさ。ただ、共生はできても共感はできないよねって話だよ。君たちは、ほら、恵まれてるから」

「なんでだよ」

今度は俺が世良《せら》に問う。怒りはなかった。単純に、早く理由を知りたかった。

世良は焦《じ》らすように「ん〜」と喉《のど》を鳴らす。

「咲馬《さくま》は男の子だよね」

「ああ」

「好きになるのは女の子だよね」

「……それがどうした」

「そこだよ、恵まれてるのは」

「は？　意味が分からん。そんなの普通――」

と言った瞬間、何か柔らかいものを踏んづけてしまったような、嫌《いや》な感じがした。

「普通ね」

世良が俺の顔を覗《のぞ》き込んでくる。獲物が罠《わな》にかかったことを喜んでいるような、邪悪な笑《え》みを浮かべている。

「つまり、汐《うしお》は普通じゃないってことだよね。そこに僕は、君と汐のあいだにある断絶を感じるんだよ」

「ただの言葉の綾《あや》だ。別に悪い意味で言ったわけじゃ……」

「何気ない発言にこそ、その人の本音が表れる……って、この前お昼のワイドショーでなんかの専門家が言ってたよ」

世良は身体《からだ》をのけぞらして、椅子《いす》をぐらぐらと揺らす。星原《ほしはら》は、俺のことを不安そうに見つめている。

「それにね」

と言って世良は続ける。

「これは良い悪いの話ではないよ。咲馬の思う普通が、汐の普通ではないってだけの話さ。元より物の見え方が違うから、分かり合うのも難しい。だから君たちじゃ汐に寄り添えないって言ってるんだよ。汐にとっての最善は、さっさとこの辺鄙《へんぴ》な町を抜け出して、違う土地で同類を見つけることだね。シロクマは北極に、ラクダは砂漠に、だよ。僕の言ってること、間違ってるかな？」

世良の一言一言が、細い針のようになって俺の胸に突き刺さる。反論の材料が一つも見つからなかった。なんなら世良の話はある種の真理のようにさえ聞こえた。

けど、それでも俺は「間違ってない」とは言えなかった。世良の正当性を認めることは、すなわち、俺では汐の力になれないことを意味している。

「……お前は、どうなんだ」

「ん？」

「お前は、自分が汐に寄り添えると思ってるのか？」

「う〜ん。まぁ、寄り添えるんじゃない？　少なくとも咲馬よりかは分かってやれる自信はあるね。それに……」

ガタン、と世良《せら》は椅子《いす》を前に戻し、

「僕は、人に気持ち悪いとか言わないし」

そう言って、立ち上がった。

「玉子焼き、ごちそうさま」

ふんふんとご機嫌に鼻歌を歌いながら、世良は教室から出て行った。やけにあっさりと退《ひ》いた。もしかすると、汐《うしお》のもとへ向かったのかもしれない。だが追いかける気にはなれなかった。

鏡みたいなヤツだ、と俺は思った。世良と話していると、自分の嫌《いや》な部分ばかり認識してしまう。世良に向けた嫌悪感さえも、自分に返ってくる。

「……普通、って悪い言葉なの？」

本気で分からない、といったふうな困惑した顔で、星原《ほしはら》が言った。

今の俺には答えようがなかった。

＊

あれから汐とは、ほとんど喋《しゃべ》っていない。

精々《せいぜい》、演技の稽古《けいこ》で、セリフを読み合うときに言葉を交わすくらいのものだった。会話とはいえない、事務的なやり取り。さらに汐は、昼休みになると一人で食堂へ行くようになったので、星原とも話す機会が激減していた。

このままではよくない――と思うのはあくまで俺の主観で、汐本人は、案外清々しているかもしれない。これは汐が望んだ状況だ。俺や星原があれこれ心配するのは、きっと筋違いなんだろう。

……けど。

最近、汐の笑顔を見なくなった気がする。単に顔を合わす機会が減ったから、そう感じるだけかもしれない。だが、もし俺の直感が正しいのなら……この状況を変えたかった。

なんとかして汐に歩み寄りたい。

だけど下手《へた》に近づけば、互いに傷つく。

ヤマアラシのジレンマだ。何かの本で読んだ記憶がある。だが、なんてタイトルの本に書いてあったのか、その解決法は、そもそも解決法が載《の》っていたのか、といったことは、もう忘れてしまっている。

部屋にある蔵書を一冊ずつ読み返せば、いつかは見つかるはず。そう思って、空いた時間を見つけては、読書に耽《ふけ》っていた。

気づけばもう、文化祭は明日に迫っていた。

＊

いつもより一時間ほど早く家を出た。

外は清潔な朝の匂《にお》いがする。犬の散歩をするおばさんや、部活の朝練に向かう中学生を、俺は自転車で追い越していく。

田んぼ道に出ると、まっすぐな日差しが目に飛び込んできた。柔らかな秋の陽気を、顔に感じる。

椿岡《つばきおか》高校に着き、俺は校門の前で自転車を降りた。眼前には、完成したアーチが堂々と待ち構えている。昨日、実行委員のみんなで組み立てたものだ。こうして実際に飾り付けてみると、見栄《みば》えのよさに、改めて達成感が湧《わ》いてくる。

俺は歩いてアーチをくぐり、学校の敷地内に足を踏み入れた。

がらんとした駐輪場に、星原《ほしはら》の自転車があった。てっきり俺が一番かと思ったが、もう学校に来ているらしい。さすが、実行委員長だ。

自転車を停《と》め、校舎に入り、廊下を進む。どの教室も文化祭仕様に様変わりしている。壁には目を引く派手な看板が立ち並び、いたるところに風船やモールで装飾が施されている。数時間後に訪れるであろう賑《にぎ》わいが、鮮やかに想像できた。

生徒会室の前まで来て、俺は戸を開ける。

「あれ、早いね」

スチール棚の前に立っていた星原がこちらを向いた。書類を整理していたみたいだ。

「なんか、気が逸《はや》っちゃって」

「あ、私も！　ドキドキして昨日はあんまり眠れなかったんだよね。実行委員長の挨拶《あいさつ》とか、何度も読み返しちゃった」

「あー、忘れちゃいそうで不安だよな」

「いや、カンペ読みながらでオッケーだから、内容を忘れることはないよ」

「えっ、じゃあなんで読み返してたんだ」

失礼だなと思いつつ、ちょっとおかしくて笑ってしまった。俺はそこらへんにある椅子《いす》を引っ張ってきて、そこに座る。すると星原も、整理の手を止めて近くの椅子に座った。

「うーん、なんかね。実感が欲しかったのかも。実行委員長やってるぞ、っていう」

「ああ……なるほど」

その気持ちは、なんとなく理解できた。

「まぁ、噛《か》んだりしないように練習してたってのもあるんだけどね。みんなにいろいろ迷惑かけちゃったから、最後くらいは綺麗《きれい》に締めたくてさ」

「ちゃんと聞くよ、実行委員長の挨拶。楽しみにしとく」

「いやいや、そんな楽しみにするようなもんじゃないよ」

照れくさそうに星原《ほしはら》は笑う。

一か月ほど前までは、星原といると無性にドキドキしていた。けど最近は、熱いお茶を飲んだときのような落ち着く感じがする。星原のことは、今でも好きだ。なんなら、前よりも。ただ「好き」の種類が少し変わってきていた。

ふと考える。

俺は、星原とどうなりたいんだろう。付き合いたい？　その気持ちは、ないといえば嘘《うそ》になる。じゃあ、もし俺と星原が付き合うとしたら……。

汐《うしお》は、どう思うだろう。

「私も」

星原が口を開き、俺の意識は現実に引き戻される。

「ロミオとジュリエット、ちゃんと観《み》に行くね」

「……ああ」

「すごく、楽しみにしてるから」

星原は屈託のない笑《え》みを見せる。その笑顔に応えるように、俺は強く頷《うなず》いた。

文化祭の開会式を終えてから、俺は運営班として校門の前で受付を行っていた。先生や他の実行委員と手分けして、来客者の氏名なんかを記帳していく。

今日は土曜日なので、ＯＢや他校の生徒、さらには家族連れといった、多様な人種が訪れる。客入りは多く、特に九時を過ぎてからは、目が回るような忙しさだった。

「紙木《かみき》、交代」

一一時を回り、客足が落ち着いてきたところで、運営班の一人が申し出た。

了解、と返して俺は立ち上がり、テントを離れる。

しばらく実行委員としての仕事はない。昼の二時からロミオとジュリエットの公演が始まるので、それまでは自由時間となる。なお劇が終われば、俺は再び運営班として校門で受付作業に当たらなければならない。なので、各クラスの展示や模擬店を巡れるのは、実質この三時間足らずだけだ。

といっても、早く楽しまなきゃ、みたいな焦りはない。

むしろ、さっさと時間が過ぎればいいと思っている。特段楽しみにしている出展内容はないし、一緒に校内を回る友達もいない。だからこの時間は、本部の手伝いに使うつもりだった。暇があれば手を貸してください、と生徒会からも実行委員に通達されている。一人ぼっちへの救済措置みたいでありがたかった。

昇降口で上履きに履き替え、俺は生徒会室へ向かう。

すれ違う生徒たちは、誰もが文化祭を満喫している様子だった。出し物の中にはお化《ば》け屋敷やコンセプトカフェといったものもあるので、仮装したまま出歩く生徒も多い。今日かぎりで髪を染めている生徒もいた。校則違反だが、年に一度の祭典ということで、多くの教師は目を瞑《つむ》っている。まぁ西園《にしぞの》みたいな年中違反しっぱなしのヤツもいるが……。

——そういや、汐《うしお》はどうしてんのかな。

急に気になってきた。

俺も星原《ほしはら》も実行委員だから、一緒に模擬店を巡る約束はしていない。だから今の汐は、他の誰かといるか、一人きりでいるかのどちらかだ。

もし、後者だったら。

余計な心配かもしれないが、不安になってきた。

俺は生徒会室の前を通り過ぎる。廊下を歩きながら、汐を捜した。人気《ひとけ》のない場所で、一人ぽつんと座り込む汐を想像すると、ますます不安になった。

普通棟の二階に来たところで、グラウンドから重低音のビートが聞こえた。

廊下の窓から外を覗《のぞ》くと、野外ステージで創作ダンス部の演目が始まっていた。だぼっとしたTシャツを着た男女が、リズムに合わせて身体《からだ》を揺らしている。

俺は観客席のほうを見た。汐がそこにいるかもしれない。あの新雪のような銀髪は、二階からでも分かるはずだ。

「あ、紙木《かみき》だ」

観客席を見渡していたら、名前を呼ばれた。振り返ると、真島《ましま》と椎名《しいな》が立っていた。手ぶらの椎名に対し、真島の両手にはチュロスと袋詰めにされたクッキーがある。文化祭を堪能《たんのう》している。

「もしかして一人？」

真島の問いに、俺はちょっとばつの悪いものを感じながら「まぁうん」と認める。

「ふーん、そうなんだ。さびし。チュロス食べる？」

そう言って、真島はすっと食べさしのチュロスを差し出した。

「えっ、い、いらねえよ」

「あはは、動揺してら。やっぱいじりがいあるなー、紙木」

「ちょっと、失礼でしょ」

椎名がたしなめる。ほんとだよ、と俺は思った。

「じゃあシーナにあげちゃお」

そう言って、真島は椎名の口に食べかけのチュロスを突っ込んだ。むぐ、と呻《うめ》く椎名。吐き出すわけにもいかず、仕方なくといった表情で咀嚼《そしゃく》する。

仲いいな、こいつら……羨《うらや》ましい。

「それより、汐、見なかったか？」

「汐？　ロキちゃんといたよ。あと七森《ななもり》さんもいたっけな」

ロキちゃん、は轟《とどろき》のことだ。「とどろき」の後ろ二文字を取っているだけで、北欧神話とはなんの関係もない。

「そうか、誰かと一緒なんだな……」

あの二人とは、演劇を通して仲よくなったのだろう。そういえば、轟《とどろき》とは練習中によく話していた。

「紙木《かみき》はこれからどうすんの？　三人に交ざるの？」

「いや、俺はこのあと本部の手伝いに行くから」

「そっか。……あ、やば！　クイズ大会もう始まるじゃん！　行こシーナ！」

「ちょ、まひ……待ちなさい！」

椎名《しいな》は口を押さえながら、早足で去って行く真島《ましま》を追いかける。

本当に仲がいい。たしか真島と椎名は幼馴染《おさななじみ》だったか。正反対の性格なのに、上手《うま》くやれているることが不思議だ。いや、むしろ磁石みたいな理屈で、正反対だからこそ、惹《ひ》かれ合うものがあるのかもしれない。ちょっと羨《うらや》ましいな、と思う。

ともあれ、心配して損した。汐《うしお》が一人じゃないなら、俺が捜し回る必要もない。これで心置きなく本部の手伝いに集中できる。

これで一安心——なのに。

なんでだろう。心に冷たい風が吹いたような感じがする。汐が一人じゃないことを喜ぶ場面なのに。この感情は、なんだ。

「！」

廊下の向こうに、見慣れた姿が現れる。遠くからでも目立つシルバーブロンドは、汐のもので間違いなかった。そして真島から聞いたとおり、轟と七森《ななもり》さんが、汐に同伴していた。三人は俺に気づくことなく、こちらの方向に向かってきている。

俺はとっさに廊下の角に隠れた。

……いや、なんで？

反射的に身体《からだ》が動いた。理由は分からない。けど似たような経験ならあった。プライベートでの外出中にクラスメイトを見かけると、鉢合わせを避けて、姿を隠すことがある。あのときと同じ心境だ。でも今はプライベートではないし、ついさっきまで俺は汐のことを捜していた。だから、我ながら不可解な行動だった。

汐の前に姿を現すでも、その場を去るでもなく、俺は中途半端に物陰に身体を隠して、汐の動向を見守る。

汐たちは楽しそうに談笑している。さすがに何を話しているのかまでは分からない。けど、会話は弾《はず》んでいるように見えた。汐のほうから七森さんに話しかけたり、轟の一言に軽く吹き出したりしている。

——なんだ、汐、普通に笑ってんじゃん。

そのとき、また冷たい風が胸を通り抜けていった。

寂しいような、虚《むな》しいような、妙な感じだ。もしかして、俺は轟《とどろき》と七森《ななもり》さんに嫉妬《しっと》しているのだろうか。いつの間にか汐《うしお》と仲よくなっている二人のことが、羨《うらや》ましくなった？　いや、違う。あの二人に対して思うところはない。この感情は、おそらく落胆に近い。なら……。

「あっ」

口から声がこぼれる。

冷たい風の正体に、気づいてしまった。

これは『期待外れ』だ。


俺は汐のことを心配しながら、汐が一人きりでいることに期待していた。

一人きりの汐に手を差し伸べて「やっぱり咲馬《さくま》がいないとダメだ」みたいな甘い言葉をかけてほしかった。ようするに、恩を売りたかったのだ。俺が汐の恩人という立場になれたら、今より強固な関係を築けるから──そこまで言語化して、俺は吐き気を覚えた。

なんて醜悪なんだろう。歪《ゆが》んだ庇《ひ》護《ご》欲と独占欲を満たすためだけに、俺は汐の不幸を無意識に願っていた。仮に望みどおりの展開になったとしても、俺は決して汐と対等な関係にはなれない。なぜなら俺の目論見は、汐の弱みにつけ込んだ支配でしかないからだ。

これほどおぞましい考えを抱いていたことに、俺は戦慄《せんりつ》する。身体《からだ》がぞわぞわして、気分が悪くなった。結局俺は、汐の気持ちなんてどうでもよくて、自分のことを認めてほしいだけで……そんな俺から汐が離れていくのは、当然だ。

もしかして。

今までずっと、そうだったのか？

俺が今まで思いやりだとか優しさだとか信じていたものは、汐じゃなくて、全部、俺自身に向けられたものだったのか？　俺が汐のそばにいたいと願うのも、汐が大切だとか幼馴染《おさななじみ》だとか、そんなふわっとした理由じゃなくて、単に自分の優位性をたしかなものにするためだったから？

違う。

違うに決まってる。

「あれ、紙木《かみき》？」

名前を呼ばれて、我に返った。

気づけば、すぐ近くまで汐たちが来ていた。名前を呼んできた轟は、怪訝《けげん》そうに首を傾げている。

「もしかしてサボり？　実行委員ならちゃんと働きなー」

轟が茶化して言うと、そばにいた七森さんがクスリと笑った。

「いや、別に——」

俺が否定しかけたとき、どこか気まずそうにしている汐《うしお》と目が合った。その瞬間、羞恥心《しゅうち》やら罪悪感やらが胸中でぶわりと湧《わ》いて、俺は平静じゃいられなくなる。

「さ、サボりじゃねえよ」

そう吐き捨てて、俺はその場を離れた。

感じが悪いと思われただろう。背中に冷ややかな視線を感じる。でも、あれ以上、汐の前にいられなかった。身体《からだ》の内側に宿る醜悪な感情を、汐にだけは絶対、悟られたくなかった。

頭が痛い。自身の善性を根元から揺るがすような気づきが、今も、頭蓋骨《ずがいこつ》の内側で大きな音を立てながら反響している。

俺は、一体なんなんだ。

「紙木《かみき》くん、緊張してる？」

椅子《いす》に座ったまま振り返ると、星原《ほしはら》が心許ない面持《おもも》ちでそばに立っていた。星原の手元には、数分前まで俺が中間集計を取っていたアンケート用紙の束がある。

汐の前から逃げるように去ったあと、俺は生徒会室へと向かった。そこで落とし物の管理やクレーム対応といった業務に追われる星原の手伝いを申し出、適当な雑用を引き受けた。今のところ生徒会室には俺と星原しかいない。けど人の出入りが多いので、あまり二人きりという感じはしなかった。

「き、緊張？　なんで？」

聞き返すと、星原は俺の顔をまじまじと見つめる。

「紙木くん、難しい顔してたから。ロミオとジュリエット、不安なのかなーって」

「ああ……いや、別にそういうわけじゃないよ」

本番に対する緊張も、あるにはある。けど、そうじゃない。

「だったらいいんだけど……実はもう一つ用があるの」

星原は言いにくそうに続ける。

「集計、間違えてるっぽい」

「え、マジで？」

星原は頷《うなず》いて、俺にアンケート用紙の束を渡す。

このアンケートは本日限定で実施されているものだ。生徒やゲストを対象に、各クラスの出し物に対する評価を募り、閉会式でその結果を発表する。最も高い評価を得たクラスには賞が授与される。この賞をモチベーションにしているクラスは決して少なくないので、集計の責任はそれなりに大きい。

「わ、悪い。数え直すよ」

「ごめんね。票数が一致するまで続ける決まりだから」

「本当にすまん……」

俺は平謝りしながら再び集計を取る。ダブルチェックで気づけてよかった。もしアンケートの結果発表後に集計ミスが発覚したら目も当てられない。

「なんか、珍しいね」

星原《ほしはら》は柔和に笑う。

「紙木《かみき》くんって、どんなお仕事も淡々とこなすイメージがあったからさ。こう言っちゃなんだけど、お仕事できる人がミスすると、ちょっと安心しちゃうかも」

だから気にしないで、という気遣いが、言外に滲《にじ》んでいた。

優しいな、と思う。だけど星原の言葉は、頭の表面を虚《むな》しく滑り落ちていった。

「……全然だよ」

俺は軽く自嘲《じちょう》する。

「面倒そうな仕事を避けてるだけだ。要領は悪いほうだし、星原が知らないだけでしょっちゅうミスしてる。俺くらいのレベルで仕事ができるって言うなら、他の実行委員なんかエリート揃《ぞろ》いだろ」

星原は目を瞬《しばたた》かせた。

「ど、どうしたの紙木くん」

深刻そうに訊《き》いてくる。しまった。卑屈になりすぎた。

「ごめん。忘れてくれ」

何をやっているのだろう。自分を下げるようなことを言っても、星原を困らせるだけなのに。

案の定、星原は心配そうに顔を寄せてくる。

「やっぱり緊張してる？　そういうときは一度ゆっくり深呼吸したほうがいいよ。酸素、大切だから」

酸素のところにちょっと可笑しさを覚える。だがせっかくアドバイスをもらったので、言われたとおり深呼吸してみた。あまり効果は実感できなかったが、少しは気が楽になったように感じる。

「どう？」

「うん、ちょっと楽になった」

よかった、と言って星原は表情を崩す。深呼吸よりも、星原の綻《ほころ》んだ顔を見るほうが元気が出た。

いつまでもウジウジしていられない。数時間後には本番が始まるのだ。そろそろ普段の調子を取り戻さないと、演技に支障をきたす。

俺は雑念を振り払い、アンケート用紙の一枚目に目を通す。

「そういや、汐《うしお》ちゃんと会った？」

汐、の名前に、苦々しい感情が蘇《よみがえ》る。ようやく凪いできた心中に、また波紋が広がった。

これ以上、星原に余計な気を使わせまいと、俺は努めて冷静に答える。

「会ったよ。汐《うしお》は、轟《とどろき》と七森《ななもり》さんといた」

「そうみたいだね。あの三人、どんな話するんだろ」

え、と俺の口から声が漏《も》れる。

「知ってたのか？」

「ん？　何が？」

「汐が、轟と七森さんといること」

無意識に語気が強くなっていた。星原《ほしはら》は戸惑い気味に頷《うなず》く。

「う、うん。汐ちゃんから、文化祭は二人と一緒に回るって聞いてたから……」

──星原には、話していたのか。

俺にも一言くらい伝えてほしかった、というショックと、そんな些細《ささい》なことを気にする自分の器の小ささに、俺は暗澹《あんたん》とした気持ちになる。もちろん汐が誰といようと自由だ。誰と文化祭を回るかを、俺に伝える義理もない。それに、俺は実行委員の仕事があるから、もし汐に誘われても、一緒に回れる時間はそう長くない。考えてみれば、俺がショックを受けること自体、お門違いだった。

大体、この程度のことでショックを受けるのなら、事前に俺から汐に声をかけるべきだったのだ。「文化祭、誰かと回る予定はあるか？」とだけ訊《き》いておけば、今になって悶々《もんもん》とせずに済んだ。こんなに悩んでバカみたいだ。

「紙木《かみき》くん？」

でも、やっぱり、星原には伝えて、俺には伝えなかったこと。この事実は、結構、胸にくるものがある。汐はもう、俺と関わりたくないのかもしれない——いや、その考えは早計すぎる。たかが文化祭を誰と回るか俺に伝えなかっただけで被害妄想を膨らませすぎだ。自意識過剰にもほどがある。けど……汐は、たまに俺の胸中をずばりと言い当ててしまう鋭さがある。もしかすると、俺が抱いていた醜い感情に汐は前々から気づいていたのかもしれない。そして前の昼休みの出来事で、完全に、俺に愛想を尽かした……としたら、やっぱり汐は。

「紙木くんってば！」

「え、あ」

我に返ると、星原が心配そうに俺の顔を覗《のぞ》き込んでいた。

「どうしたの？　大丈夫？」

「わ……悪い。ちょっと、上の空だった」

「もしかして具合悪い？　だったら無理して手伝わなくていいよ。保健室で休むとか……」

「いや、ほんと、大丈夫だから」

「でも」

ガラ、と生徒会室の扉が開く。そちらに目をやると、一人の男子生徒が部屋に入ってきた。

「なんかの鍵《かぎ》、拾ったんですけど。落とし物ってここでいいんですよね」

星原《ほしはら》は、その男子生徒と俺に視線を往復させる。数秒ほど悩んでから、最後に俺を一瞥《いちべつ》して、男子生徒のもとへと駆け寄った。

「うん、ここでいいよ。ただ、ちょっと書いてもらわなきゃいけない書類があって――」

丁寧に説明する星原の後ろ姿から視線を外し、俺は目頭を指で押さえる。大丈夫、と星原に言ったが、頭の中はぐちゃぐちゃだった。いつから俺はこれほど考え込む性格になってしまったのだろう。元から？　分からない。けど確実に言えることは、ここ数か月で悩みの種となるのは、ほぼ、汐《うしお》に関係することだった。

ひたすら悩んで、それでも汐のことも傷つけてしまうなら。

俺はもう、汐と関わるべきではないのかもしれない。

一三時五七分。

体育館のタイムテーブルは一〇分遅れで進行している。

会場の喧噪《けんそう》は舞台裏にまで浸透していた。体育館の観客席は、すでに半分以上が埋まっている。

緊張した空気が漂うなか、本番に備え、着替えを済ませた役者たちが舞台裏に集まっていた。そこに、俺もいる。ロミオの衣装はちょっと窮屈で、緊張も相まって、息が苦しかった。

「楽器の撤収が済み次第入ってもらいます！　あと五分くらいです！」

裏方の実行委員が俺たちに報《しら》せた。それに伴い、舞台裏全体の緊張感がさらに高まった。

俺は手汗を拭《ぬぐ》い、再び台本に目を落とす。ロミオは主人公なだけあってセリフが多い。少しでも時間があるうちに、セリフを頭に馴染《なじ》ませておく。

無理だった。

一つも集中できない。頭の中で強烈な砂嵐《すなあらし》が吹き荒《すさ》み、今まで頭に叩《たた》き込んだはずのセリフですら、空中分解を起こしそうになっている。もうずっとこの調子だ。生徒会室での手伝いでもミスを繰り返し、星原に迷惑をかけてしまった。何も、手につかなくなっている。

「咲馬《さくま》」

ビクッと肩が跳《は》ねる。

ジュリエットに扮《ふん》した汐が、心配そうな顔でそばに立っていた。

「顔、真っ青だけど……大丈夫?」

「あ、ああ。大丈夫」

汐の顔を直視できず、俺は斜め下に視線を逸らす。

「トイレなら今のうち行っといたほうがいいよ。数分くらいズレても問題ないはずだから」

「ああ」

「……何かあった?」

シリアスなトーンで訊《き》いてくる。

自己嫌悪やら困惑やらが顔に出ていたのだろう。俺よりも汐《うしお》のほうが緊張する要素は多いだろうに、気を使わせてしまって申し訳なかった。

「別に、なんもないよ」

「もしかして、前のこと引きずってる？」

前のこと――おそらく汐を怒らせてしまった昼休みの出来事だ。それもあるが、俺が何より憂慮しているのは、紙木咲馬《かみきさくま》という人間の根幹に関わる問題だ。このことは、汐には話せない。

「違うよ。汐とは、関係ない」

カチン、という音が実際に聞こえそうなくらい分かりやすく、汐は顔をしかめた。

「あっそう。ならいいよ」

ぷいと俺から顔を背《そむ》け、汐は元いた場所に戻っていく。

冷たい言い方になってしまった。ごめん、と心の中で謝る。でも今は、周りに気を配る余裕がなかった。さらにいうと、ロミオを演じる余裕も。それでも刻一刻と本番は近づいている。

「みんな！　もうそろそろだから気ぃ引き締めてね！」

轟《とどろき》が発破をかける。

じき出番だ。ナレーション役のクラスメイトは放送機器の前に座り、台本を開く。

どれだけ不調でも、俺がロミオをやるしかない。文化祭は来年もあるが、２－Ａでやるロミオとジュリエットは、これが最初で最後なのだ。

今までたくさん練習してきた。多少セリフが飛んでも、自力でカバーできるはず。

俺は深呼吸をして、舞台袖《そで》へと向かった。


会場の空気はざわついている。談笑、咳払《せきばら》い、パイプ椅子《いす》の軋《きし》む音。一つひとつは小さな音でも、集まれば巨大な雑音となって体育館を満たす。

『それでは、二年A組による演劇、ロミオとジュリエットを上演します』

生徒会の進行役がアナウンスを流したあと、照明が落とされた。会場は暗闇《くらやみ》に包まれ、同時に静寂が広がる。

舞台の幕が上がった。

『場所は花の都ヴェローナ。いがみ合うモンタギュー家とキャプレット家は、毎日のように街で小競《こぜ》り合いを繰り返していた。そんなある日、モンタギュー家のロミオは、キャプレット家が開く舞踏会に忍び込む――』

俺と汐は、両サイドに別れて舞台袖からステージへと上がる。スポットライトが降り注ぎ、観客席からざっと百は下らない視線が俺たちに集中した。

瞬間、俺は息ができなくなる。

大量の視線が質量を得てぶつかってくるようだった。みんなが俺たちの一挙手一投足に注目している。面白いものを、期待されている。その事実に気づいた途端、心拍数が上がり、汗が湧《わ》いた。最初のセリフを言うタイミングを見失う。

「マジで槻ノ木《つきのき》じゃん」

観客席のざわざわした空気の中から、そんな声が聞こえてきた。

「ほんとにジュリエットの格好してる」「あれって槻ノ木先輩？」「写真とか撮っていいんだっけ」「あれで男ってマジ？」

聞きたくないのに、俺の耳は勝手に汐《うしお》に関係するものを拾ってしまう。

――聞きたくない？

それは汐のほうだ。汐がジュリエットをやるうえでの懸念は、周りの反応だった。笑われたりしないか不安、と過去に汐は言っていた。観客席から聞こえる声に、明らかな侮蔑《ぶべつ》や嘲笑《ちょうしょう》はない。けど、今、誰よりもしんどいのは、俺ではなく汐のはずだ。

教室よりも、ずっと広い空間で人が密集しているなか、好奇の目に晒《さら》される汐は――しかし完全に、ジュリエットを演じていた。

腰の後ろで手を組み、退屈そうに足先を見つめている。その姿は舞踏会で暇を持て余すジュリエットそのものだった。

直後、俺の胸中に、二つの感情が発生した。

一つは、汐への称賛。ざっと百は下らない視線をまるで意に介さず、悠然と佇《たたず》むその姿に、俺は感動した。久しく忘れていた汐の完全無欠っぷりを、思い知らされた。

だからこそ、もう一つの感情——強いプレッシャーを感じた。

ジュリエットが魅力的であればあるほど、ロミオにはそれ相応の演技力が求められる。なんせ劇のタイトルが「ロミオとジュリエット」なのだ。ジュリエットとの比較は避けられない。

ただでさえ頭の中がぐちゃぐちゃなときに、舞台に立つ緊張とプレッシャーで、どうにかなりそうだった。

それでも俺は、カラカラに乾いた口内を唾液《だえき》で湿らせ、声を出す。

「なんと美しい娘だろう。私は今の今まで、本当の恋というものを知らずにいた」

ジュリエットへの賛辞を口にしながら、俺は汐のもとへと歩み寄り、膝《ひざ》をつく。

「よければ一緒に、踊ってくりゃ」

——噛《か》んだ。

さっと頭の芯が冷たくなる。早速、ミスった。観客席から失笑が聞こえ、顔が熱くなる。

「おどっ——踊ってくれませんか？」

急いで言い直す。かなり、早口になってしまった。

「あなたのお名前は？」

「名乗るほどの者ではございません。ただの通りすがりでございます」

「それでは、通りすがりのお方。喜んでお相手いたします」

なんとかセリフは飛ばさずに言えたが、汐《うしお》に比べると拙《つたな》さが目立った。

俺は立ち上がると同時に、腰を折る。左手を自分の胸に、そして右手を汐に差し出した。その手を汐が握ると、ダンスシーンに入る。本格的に踊るわけではなく、それっぽい感じで舞台を一周するだけだ。

序盤にもかかわらず、ここはロミオとジュリエットが最も物理的に接近するシーンとなる。吐息の音が聞こえる距離だ。俺と汐は、形だけのダンスを披露する。

この期に及んでも、俺は汐と目を合わせられずにいた。ダメな自分を見透かされているのではないか、という強迫観念と、ジュリエットを貫く汐の眩《まぶ》しさに、自然と視線が落ちていく。

「やっぱり、なんかあったでしょ」

俺にだけ聞こえる声量で汐が言った。

このタイミングで訊《き》いてくるのか、と内心驚きながら、おそるおそる視線を上げる。汐は目に強い怒りを灯《とも》していて、俺は怖じ気づいた。

「な、何もないって……」

「じゃあ、集中してよ」

「分かってる。分かってるんだけど、ただ……」

「ただ?」

「ただ……その……」

「はっきり言いなよ」

「俺は」

直後、汐の足を踏んづけてしまい「いたっ」と小さな悲鳴が上がる。

「あ、ごっ、ごめん」

「いいよ、続けて」

「……いや、やっぱいいよ」

「なんで」

「話しても、どうしようもない……それに、舞踏会のシーンはもう終わりだ」

ちょうど舞台を一周したところだった。『しかし楽しい時間はすぐに終わりを迎え、運命が二人を切り裂く』という白々しいナレーションが入る。

やむを得ずといった様子で汐は口を閉ざす。そして俺と汐はそれぞれ左右の舞台袖《そで》にフェードアウトした。

「はぁ……」

衆目から逃れるなり、ため息が漏《も》れた。

まだ始まってから三分も経《た》っていないのに、どっと疲れが出た。その場に座り込んでしまいそうになるのを我慢して、俺は壁に寄りかかる。次はバルコニーのシーンだ。ロミオとジュリエットで一番の長尺。ノーミスで乗り切れるだろうか。汐とも、かなりギスギスしてしまっている。

「ちょっと、紙木《かみき》」

舞台袖《そで》で待機している轟《とどろき》が声をかけてきた。

轟は怪訝《けげん》そうに俺をじっと見てくる。

「やけにぎこちなかったけど……もしかして、具合悪い？」

星原《ほしはら》にも同じことを言われたし、汐《うしお》には顔色を心配された。どうやら俺が思っている以上に、深刻な顔つきになっているらしい。一度、鏡を見てみたくなった。

「……悪い。けど、別に体調はなんともないから。大丈夫だよ」

平気さをアピールするみたいに、俺は勢いよく壁から身体《からだ》を離す。だが轟の表情は晴れない。

「だったらいいけど……まぁ、練習どおりにやれば行けるよ。それに、いざとなったら代役を立てられるしね」

「代役？　そんなのいたっけ……」

「私」

轟は大真面目《まじめ》に言った。俺は思わず「いやいや」と首を横に振る。

「さすがに轟がロミオをやるのは無理があるだろ……」

「セリフは覚えてるし、服を交換すればなんとかなるでしょ」

「……ロミオがいきなり女になったら不自然だ」

「そんなの些細《ささい》な問題……でもないか」

轟は苦笑いして、前髪を耳にかけた。

「そうね。私がロミオをやるのは無理。っていうか、代役を立てること自体無理だわ。ロミオは紙木にしかできないから」

「……」

「だから、私は頑張ってとしか言えない。舞台、成功させるよ」

「……ああ」

よし、と轟は頷《うなず》き、俺の肩越しにステージの上を見やる。

「やばっ、もう次のシーン始まっちゃうじゃん。じゃあ紙木、頑張ってね」

轟はその場を離れた。汐か照明担当のところにでも行くのだろう。

休んでいる暇はない。轟の言うとおり、ロミオは俺にしかできないのだ。それに舞台の成功を願っているのは、俺も同じだ。ともに練習してきた汐や他の役者のためにも、気を引き締める。

『──ロミオは窓から漏《も》れる明かりに誘われ、キャプレット家の庭に侵入した』

ナレーションが終わった。

汗でぬめる手を握りしめ、俺はまた舞台に上がる。

バルコニーを模したキャットウォークに、汐《うしお》が立っている。スポットライトに照らされ、祈るような眼差《まなざ》しを宙に向けている。その姿はどこか荘厳さすら感じるほどに綺麗《きれい》で、もう汐のことを囃し立てる声は聞こえない。

「おお、あそこにいるのはジュリエット。どうしよう。声をかけてみようか」

練習で何度も繰り返したセリフを諳《そら》んじる。

汐は俺を見下ろす。さすがに舞台とキャットウォークほど離れていれば、目を合わせることに抵抗はなかった。

特に噛《か》んだりセリフを読み飛ばしたりすることなく、俺と汐はセリフを交わしていく。

「もし見つかれば、あなたの命が危ないです」

「大丈夫です、ジュリエット。夜のとばりが私を守ってくれます」

ようやく、普段の調子を取り戻してきた。これで序盤の醜態は挽回《ばんかい》できたはずだ。まだ少々ぎこちないところはあるが、文化祭演劇としては及第点だろう。

バルコニーのシーンが終われば、次はもうロミオとジュリエットの結婚式が始まる。神父役の椎名《しいな》が場を取り仕切るなか、俺は祝詞を読む。

「どんな悲しみも、この喜びには及びません」

――悪くない。

その後、ロミオは仇敵《きゅうてき》のティボルトを決闘で殺《あや》めてしまう。その罪でヴェローナから追放されることになり、ジュリエットとの決別を余儀なくされる。なんていたずらな運命だ、と俺は天を仰ぐ。

――いい感じだ。


そして最終局面。

ついにロミオが仮死状態のジュリエットを見つけるシーンに到達した。ジュリエットの死を嘆き、運命を呪《のろ》い、そして手持ちの毒薬で自死を選ぶ、ロミオの最後の見せ場。このシーンさえ乗り切れば、物語は終わったも同然だ。

舞台の中心には台座がある。教室の机を並べて布を被《かぶ》せただけの、簡素な舞台道具だ。その上に、汐が仰向けで眠っている。

「おお、なんてことだ」

俺は茫然自失を装いながら、汐に近づく。ジュリエットの死を認めたくない、しかし真実をたしかめなければ、という葛藤《かっとう》を演出する。一歩一歩、足を進めながら、俺はこの瞬間を噛みしめていた。

やっと、解放される。

演劇が始まってから、おそらくまだ二〇分ほどしか経《た》っていない。だが俺にはその二〇分が果てしなく長く感じた。プレッシャーと戦い、ひたすら神経をすり減らした時間だった。舞台が終わったら、何か甘いものでも食べよう。たしか、アイスを売っている出店があったはずだ。

……と、さすがに気を緩めすぎか。まだセリフが残っている。

汐《うしお》が眠る台座の前で、俺は足を止めた。

ジュリエットの死に対する思いを、悲しみと怒りを込めて、観衆に訴えるのだ。

「……」

訴える、つもりなのだが。

つう、と汗がこめかみを伝う。


セリフが飛んだ。


頭の中が真っ白になる。宇宙に放り出されたような無力感に襲われ、膝《ひざ》が震えた。何も言えないまま、時間だけが過ぎていく。

台座の上で横になる汐が、薄目を開けた。まぶたの隙間《すきま》から覗《のぞ》く灰色の瞳《ひとみ》が、不安げに俺を見つめる。それでも、まずい、とか、どうする、とか、そんな言葉しか頭に浮かばない。焦燥が募り、身体《からだ》が熱くなってきた。

会場はざわめき、どうしたー、と茶化すような声が聞こえてくる。

舞台袖《そで》に立つ轟《とどろき》が視界に映った。彼女は身振り手振りで何かを伝えようとしている。しかし何一つ意味を汲《く》み取れない。思考回路は完全に閉ざされていた。

やばい。やばいやばいやばい。

早く、どうにかしないと。じゃないと舞台が。このままでは、失敗に終わる。

ふと、手汗で濡《ぬ》れた指先が、ガラスの表面をすべった。

俺は右手にあるものを思い出す。ガラスの小瓶《こびん》。これに毒薬が入っている。そういう設定だ。

――ああ、そうか。

セリフを思い出す必要はなかった。この毒薬を飲んで、さっさと退場してしまえばいいのだ。かなり不自然な幕切れになるが、見ようによっては、ジュリエットの死に動揺するロミオを上手《うま》く表現できたと思うし。

だから、もういい。俺のロミオはここで終わりだ。

俺は小瓶を口まで持って行こうとして、

「待って」

動きを止めた。

ジュリエットが、台座から起き上がる。

「何も言わずに死なないで」

会場のざわめきが一層大きくなった。ところどころから困惑する声が上がる。俺も混乱していた。本来なら、ここでロミオはジュリエットの死を確信し、自死する場面だ。なのにジュリエットが生き返り、あまつさえ自死を止めてきたら、もう本来のストーリーラインには戻れない。

なんで、生き返った？　こんなことしたら……。

違う。俺のせいだ。

俺が黙り込んでしまったから、汐《うしお》がカバーしてくれたのだ。

罪悪感で胸が潰《つぶ》れそうになる。ロミオとジュリエットを、俺が、台無しにしてしまった。

「ロミオ、あなたが死ぬ必要はありません」

汐は軽やかに台座から下りて、俺の正面に立つ。

「ともに遠くの土地へ逃げましょう。ほとぼりが冷めた頃《ころ》、またヴェローナに戻ればいいのです。——さあ」

慈愛に満ちた声で言い、汐は俺に手を差し伸べた。

その手を取ろうとして、俺はためらう。

俺に、汐の手を取る資格はあるのだろうか。利己的な感情を、優しさと偽って汐に押しつけた。俺が気づいていないだけで、たぶん、傷つけたことも何度かある。

でも、今は、その手を取らないと余計に迷惑がかかってしまう。汐の気遣いを、無下《むげ》にしてはいけない。

俺は、汐の手を取った。手汗で濡《ぬ》れた俺の手を、強く握り返してくる。

汐に手を引かれるようにして、俺たちは舞台袖《そで》へと姿を隠した。

『――こうして、ロミオとジュリエットは残酷な運命をはねのけ、二人で仲よく暮らしましたとさ』

轟《とどろき》の声でナレーションが流れた。

舞台の幕が下りると、数秒遅れて、まばらな拍手が起こった。

＊

「バカヤロ――――!!」

舞台裏で俺は思いっきり轟に怒鳴られた。

「なんで最後になって黙り込んじゃうかな～？　やっと途中から見られる演技になってきたのに……てか、緊張しすぎ！」

「いやもう、ほんとにごめん……」

平身低頭で謝った。謝るしかなかった。胸が申し訳なさでいっぱいだ。誰よりもこの演劇に情熱を注《そそ》いでいた轟《とどろき》だからこそ、彼女の叱咤《しった》は重く響いた。

バカとかアホとか散々怒ったあと、轟はふうと息をつく。

「……でも、紙木《かみき》はよく頑張ったよ。お疲れ様。またやろうね！」

轟はニッと笑うと、他の役者のところに行って「お疲れ様！」と声をかけて回った。ハイタッチなんかも交わし、周りの人と語りながら舞台裏から出ていく。

「紙木って結構ビビり？」

背後からの声は、真島《ましま》のものだった。

振り返ると、いつものように椎名《しいな》と一緒にいて、呆《あき》れた顔をしている。

「アリサに反抗したときの度胸はどうしたのさ」

「……いろいろあったんだよ」

「いろいろ、ねえ。ま、観《み》てて楽しかったけど」

「私は」

と、椎名がやけに畏《かしこ》まった顔をして、こちらに一歩寄る。

「よかった、と思う。どうしてあんなことになったのかは気になるけど……最後のシーンは、わりと好き」

真剣な目だった。お世辞で言っているわけではなさそうで、俺はちょっと照れくさくなる。

「あ、ありがとう……って、俺が言っていいのか分かんないけど」

ほんとだよ、と真島が突っ込んだ。

「じゃ、またね」

真島は椎名と連れ立って出口のほうへ向かっていった。

舞台裏から人気《ひとけ》がなくなっていく。次の演目までしばらくインターバルがあるので、裏方の実行委員は端のほうで休憩モードに入っていた。

「咲馬《さくま》」

この中で俺を名前で呼ぶ人間は、一人しかいない。

振り向くのが、少し怖い。

だけど無視はできない。俺は息を吸って、汐《うしお》のほうを向いた。

「……お疲れ、汐」

「見てられなかった」

食い気味に、汐はそう言った。

「大事なシーンであんな醜態を晒《さら》さないでほしい。死んだふりしてるこっちの身にもなってよ。共感性羞恥《しゅうち》がすごかった」

なかなか辛辣《しんらつ》だった。だけど言葉とは裏腹に、汐は悲しそうな顔をしていた。俺は怒るでも傷つくでもなく、申し訳ない気分になる。

「……ごめん」

「なんであんなことになったの？」

沈んだ表情から一転して、汐《うしお》は顔に怒りを滲《にじ》ませながら問い詰めてくる。

「えっと……」

俺は返答に窮する。本当のことを話していいのか迷った。

「もしかして、ぼくのせい？」

違う、と言いかけて、俺は言葉を飲み込んだ。中途半端に隠しても、汐の不信を買うだけだ。それに、舞台から解放されたばかりで、あれこれ考えることに疲れていた。早く楽になりたくて、俺は澱《おり》のように溜《た》まった思いを吐き出す。

「……最近、俺が何をやっても、汐を困らせたり傷つけたりするだけなんじゃないかって、ずっと悩んでたんだ。それに俺は、たぶん性格もそんなよくないし……こうやってつらつら話してるのも、そんなことない、って汐に否定してもらいたいだけかもしんなくて……だから……俺、もう汐の近くにいないほうがいいのかな」

言い終わると、汐は悲しそうに顔を曇らせた。

「それをぼくに言うのは、ずるいよ」

「そ……それは、そのとおりだ。ごめん」

たしかに、今のはずるかった。無意識に予防線を張って、俺にとって都合のいいように汐の返事を誘導しようとしていた。自虐に、逃げていた。

またた。また、醜さが露呈した。何も学ばない自分に、心底嫌気が差す。

今なら分かる。星原《ほしはら》の言ったことは、やっぱり、一つの正解だ。

何も言わなければ、自分の無知も浅慮もバレずに済む。運がよければ周りが勝手にいいように解釈してくれる。あらゆる発言には、何かしらのリスクがつきまとう。

沈黙は金。

言わぬが花。

口は災いの元。

昔の人は、発言に伴うリスクをとてもよく理解している。何も言わないことは、自分を守るうえで優れた手段だ。そして発言とは、そのガードを解くことを意味している。俺はもう、誰かを傷つけるのも自分が傷つくのも嫌《いや》だった。

「ごめん。やっぱり、俺、何も言うべきじゃなかった。ずっと、黙っておくべきだった。口を開くたび、誰かを傷つけて……全部、ダメな方向に向かってく……」

「……ゼロか百かじゃないんだよ」

汐が訴えるように言う。

「たしかに咲馬《さくま》は、デリカシーがなくてナチュラルに人のこと凹《へこ》ませてくることあるけど……でも、ずっと黙っといたほうがいいなんて、絶対に思わない」

力強い断定に、心を揺さぶられる。

「ぼくが……初めて女子の制服で学校に来たとき、咲馬《さくま》は、一緒に帰ろうって言ってくれたから。あれ、すごく嬉《うれ》しかったんだよ。それに、ジュリエットに決まった日の帰り道も、ちゃんと、察してくれた……」

俺は、何も言わずに汐《うしお》の話を聞いていた。

「黙ってたら、たしかに誰も傷つけずに済むかもしれない……けど、それって寂しいよ」

それに、と言って汐は続ける。

「ぼくは、咲馬といて辛《つら》いときも楽しいときもある。最近は、正直辛かった。だから、あんまり一緒にいたくなかった」

まっすぐに放たれた言葉が、俺の胸にズンと来る。

「けど、今は」

切なそうに揺れる灰色の瞳《ひとみ》に、うっすらと涙の膜が張った。汐はそれを、手の甲で拭《ぬぐ》い取る。

「今は……」

弱々しく声を出すも、そこから先に言葉が続かず、汐は顔を伏せてしまう。

「……ダメだ、分かんない。自分でも、どうしたいのか……。けど、ずっと黙ってるなんて、寂しいこと言わないでほしい」

胸が詰まった。

横隔膜がせり上がり、声が出なくなる。

今こそ理解した、と俺は思った。どうして今まで、吐きそうになるほど悩んできたのか。その理由を、頭ではなく、心で実感した。

——俺はずっと、汐の隣に並んでいたかったんだ。

こみ上げてくるものを押さえながら、俺は息を吸い込む。そして、やっとの思いで声を絞り出した。

「……分かった」

汐はゆっくりと顔を上げる。

灰色の目を、俺はまっすぐ見つめた。もう、目は逸らさない。

「俺は、汐といろんな話をしたい。何も難しいこと考えず、明日になったら忘れてしまうくらい、どうでもいい話を……。また、しんどい思いさせるかもしれないけど、それでも、ちゃんと話したい」

あらゆる虚飾を取り払って、正直な思いを伝えた。

汐はいささか呆気《あっけ》に取られた顔をしたあと、諦《あきら》めたように笑って、頷《うなず》いた。

「咲馬がそう言うなら、いいよ。辛くなったら……そのときは、また言うから」

だから、たくさん話そう。

そう言って、汐は面映ゆそうに頬《ほほ》をかいた。

結局、何も解決していない。問題を先送りにしただけだ。また同じように苦悩する未来が、きっと訪れる。
それでも俺は――今この瞬間だけは、たしかに救われた。

ガタン、と扉が勢いよく開く。

「あ、いた！」

星原《ほしはら》が舞台裏に入ってきた。俺たちを見つけるなり、こちらに走り寄ってくる。舞台を観《み》に来ると言っていたので、さっきまで観客席にいたのだろう。

「よかった、もう控え室のほうに行っちゃったと思ってた」

「どうしてここに？」

俺が訊《き》くと、星原は「そりゃもちろん！」と言って身を乗り出した。

「感想を言いに来たんだよ！　めちゃくちゃ語りたい気分なんだけど、まずは一言……」

星原はぐぐっと力を溜《た》めるようにして、

「ハッピーエンドでよかった～！」

と大きな声で言った。

次の演目の準備をしていた実行委員が、なんだなんだと様子を見に来る。やってきた彼らに「なんでもないです」と言って追い払い、俺は星原の話に耳を傾けた。

「私ほんとにバッドエンドとか悲しい結末とか苦手なんだよ～。だから今回も終わったら辛《つら》くなっちゃうんだろうなーって思ってたの。それが実際に観てみたら、ロミオもジュリエットも生きてたから！　ほんっとに感動した！」

俺は苦笑する。

「あれ、汐《うしお》のアドリブで、俺がミスったのが原因なんだけどな」

「そうなの⁉」

はえ〜と感嘆の息を漏《も》らす星原。

「いろいろ気になるんだけど……まぁ、それはそれとして」

星原は真面目《まじめ》な顔をして、汐のほうに身体《からだ》を向けた。急な態度の変化に、汐はちょっと身構える。

「な、何？」

「私、汐ちゃんのジュリエットを見られてよかった。本当に、綺麗《きれい》で、可愛《かわい》くて、憧《あこが》れちゃうくらいキラキラしてて……」

言いながら、星原の表情が徐々に辛そうなものに変化していく。

「私にとって、最高のジュリエットだった。それだけは、ちゃんと伝えたかったの」

最後まで言うと、星原は力なくうなだれた。

汐がジュリエットを嫌々《いやいや》演じていたかどうか——過去に汐が言った『後悔』の真偽は、結局分からないままだ。もし本当に後悔しているなら、星原の感想は、汐の神経を逆撫《さかな》でする恐れがある。星原《ほしはら》もそれは理解しているはずだ。そのうえで、正直な思いをぶつけたのだろう。

汐《うしお》はしばらくいたたまれなさそうにしていたが、静かに口を開く。

「……文化祭が終わったら」

星原が顔を上げる。

すると汐は、穏やかな笑《え》みを浮かべた。

「三人で、打ち上げに行こう」

星原は驚いたような顔をすると、目にぶわっと涙をためて、汐に飛びついた。

「汐ちゃん！」

「わわ」

星原は汐の胸に額《ひたい》を擦《こす》りつけながら、「うう〜」と赤子のように唸《うな》る。

「よかったぁ……嫌われたのかと思った……」

安堵《あんど》の混じる泣き言を漏《も》らす。驚きで固まっていた汐は、徐々に身体《からだ》の力を抜いて、星原の頭に手を乗せた。

「……ごめんね、夏希《なつき》」

仲直り、と見てもいいはずだ。

すべてが丸く収まったわけではない。だが少なくとも、今の汐が星原を拒絶するような真似《まね》はしないだろう。

俺は二人から少し離れたところで、壁に寄りかかる。そろそろ他の生徒が準備のため舞台裏にやってくる頃《ころ》合いだ。けど俺は、もう少しここにいる。今は幸せな余韻に浸っていたかった。きっと長くは続かないからこそ、この時間を大切にしたかった。

——ただ。

これで満足しちゃダメだ。

俺と星原はよくても、おそらく、まだ、汐の心にわだかまる孤独は消えていない。

誰も悲しまず、三人同時に心の底から笑っていられる、おとぎ話のようなハッピーエンド。

それを実現するまで、俺は対話を続ける。

間章

ぷんとソースの香りが鼻の奥をついた。

たこ焼きの模擬店から、おいしそうな匂《にお》いがする。ちょっとお腹が空いてきた。でも私はこれから、大事な話をしなきゃいけないのだ。たこ焼きなんて食べてる場合じゃない。だから、話が終わったら買う。

携帯で今の時刻を見る。

午後四時。文化祭はあと一時間くらいで終わってしまう。周りには終息のムードが漂っていて、来客の数も減っていた。模擬店の呼び込みは勢いがなくなって、屋外ステージから聞こえてくる合唱部の輪唱も、なんだか寂しげに聞こえる。

ちょっと西日が眩《まぶ》しくなってきた。私は日陰のベンチに移動する。身体《からだ》がヒヤッとした空気に触れて、ベンチの冷たさがお尻《しり》に伝わってくる。うーん、ちょっと寒いかな?　やっぱり日なたのほうに、と思ったタイミングで、汐《うしお》ちゃんがやってくる。

私は立ち上がってぶんぶん手を振った。こういうとき、自分に尻尾《しっぽ》があったら一緒にぶんぶん揺れてるんだろうな、みたいなことを考える。

「ごめん、お待たせ」

「全然待ってないよ！　呼び出しちゃってごめんね」

汐ちゃんは私の隣に座る。私も座った。

汐ちゃんはジュリエットの衣装から制服に着替えている。もう少しジュリエット姿を見ていたかった。写真、撮っとけばよかったかな、って少しだけ後悔している。あのときは、とても撮影を言い出せる空気じゃなかった。けど別にいい。私は今の制服姿も好きだ。それにステージの演目は、先生が録画してくれているはずだから、その気になればいつだって見返すことができる。

「実行委員長の仕事、大丈夫そう？」

汐ちゃんが首を傾げるようにして、こっちを向く。

「うん、今は落ち着いてきてるから。あんまりのんびりはできないけど、ちょっと話すくらいなら全然大丈夫」

「そっか」

汐ちゃんは視線を前に向けた。見ている先には、他クラスの女の子がいた。四人で身体を寄せ合って自撮りしている。文化祭を楽しんでるってオーラを、色がついて見えるくらい強く感じる。

汐ちゃんは何も言わない。私が話すのを待っている。気になるふうでもなく、ぼんやり前を見ている。あまり興味がないのかな、って思うと寂しくなるから、私が話しやすいように気を使ってくれてるんだ、と勝手に捉《とら》える。

それにしても。

綺麗《きれい》な横顔だな、と私は思う。たとえば一本の紐《ひも》で横顔の輪郭を表現したら、それだけで美人と分かるような。ずっと眺めていたくなるけど、そういうわけにはいかない。ちゃんと話さないと。そのために、わざわざ汐《うしお》ちゃんを呼んだのだから。

私は静かに深呼吸する。心臓がドキドキする。

自分のスカートをくしゃっと握りしめて、言う。

「私ね」

「うん」

「汐ちゃんのこと、好きだった」

「……うん」

困らせてごめんなさい、と私は心の中で謝る。でもセーフの判定だと思いたかった。だって過去形だから。

汐ちゃんはこっちを向いて、困った顔で「ごめん」と言った。

「実は、気づいてた」

「だよね。バレてると思った。私、分かりやすいから」

あはは、と恥ずかしさをごまかすために、私は笑う。すごく顔が熱い。日陰に移動したのは正解だった。日なただったら、もっと熱くなって、変な汗が出ていたかもしれないから。

「好きだった、なんだよね」

汐ちゃんはおそるおそる、けれど大事なことだから、といったふうに確認してくる。

「うん。あ、もちろん、その、友達じゃないほうの意味でね。友達の意味だったら、汐ちゃんのこと……大好きだよ」

友達、を強調しても、大好きって言葉は、意味が大きすぎて吐き出すのが大変だ。

汐ちゃんはクスリと笑う。

「ありがとう。ぼくも、夏希《なつき》のこと大好きだよ」

もちろん友達として、だ。汐ちゃんの言葉は飛び上がるほど嬉《うれ》しいし、そういう反応を期待していた。けど、それでもやっぱり、辛《つら》くなってしまう。

私は、男の子の汐くんが好きだった。

女の子の汐ちゃんのことは、好きかどうかよく分からなかった。

でも、ロミオとジュリエットを観《み》ている最中に気づいた。

やっぱり私は、汐ちゃんのことも好きで、今は「好きだった」のだ。

「ジュリエットをやったこと、やっぱり後悔してる？」

汐ちゃんは、ベンチの背にもたれて、遠くを見るように目を細めた。

「……ギャップが、すごいんだよ」

私は頷《うなず》く。

「ジュリエットを演じているあいだは、結構、楽なんだ。仮面は被《かぶ》っているけれど、心は偽らなくて済むから。でも演技が終わったら、仮面を脱いで、今度は心に蓋《ふた》をしなきゃいけない。その切り替えがしんどくて、温度差に風邪を引きそうになる。後悔っていうのは、その程度のことだよ」

言ってることが難しいよ……。

でも、意味は分かった。分かってしまった。


やっぱり、そうなんだ。


劇を観《み》ていたとき。ジュリエットが愛を囁《ささや》くシーンで、私は、ロミオに嫉妬《しっと》してしまった。ジュリエットがあまりに切実で、本当にその人しか見えてないんだな、ってことが分かってしまったから。それと同時に、私は汐《うしお》ちゃんのことが好きで、その思いが叶《かな》うことは絶対ないんだなってことに、気づかされた。

だから、私は、汐ちゃんのことが好きだったのだ。

「そっか」

私は相槌《あいづち》を打った。その程度のことでよかった、なんて口が裂けてもいえなかった。

身体《からだ》から力が抜けた。遠くからきゃあと女の子の高い声が聞こえた。たぶん三年生のお化《ば》け屋敷だ。あれは文化祭の出し物だからってバカにできないくらい怖い。私も審査で入ったとき、腰が抜けそうになってしまった。

ツバメっぽい着ぐるみを着た人が、『クッキー発売中　普通棟2F』のプラカードを持って目の前を横切った。椿岡《つばきおか》高校の「つば」を取ってツバメをモチーフにしました、と2―Bが出した企画書に書いてあったのを思い出した。デザインがある野球チームのマスコットに似ていて、ちょっと問題になった。今では修正されたけど、ツバメというよりペンギンみたいになってしまっている。私はそっちのほうが可愛《かわい》くて好きだ。

懐かしいな。

文化祭、そろそろ終わっちゃうんだ。

「行かなきゃ」

私は立ち上がった。落とし物の対応とか閉会式の準備とか、やることは残っている。

汐ちゃんも立ち上がった。

「じゃあ、またあとでね」

「うん。打ち上げ、楽しみにしてる」

ばいばい、と手を振って、私は昇降口へと歩みだした。

「夏希《なつき》」

呼ばれて、振り返る。

汐《うしお》ちゃんは真剣な面持《おもも》ちで、

「頑張れ」

と言った。

「頑張れ、夏希」

私はお腹の底が熱くなった。

震えそうになる口をごまかすみたいに、私はなんとか笑ってみせる。

「頑張る！　すごく頑張っちゃうから！　頑張る私のこと、ちゃんと見ててね！」

私はくるっと身体《からだ》の向きを変えて、歩く。早足で、歩く。たこ焼きの模擬店の前を通り過ぎて、昇降口にも入らずに、人気《ひとけ》の少ない道を選んで、走った。

走りながら涙が出てきた。

走って走って、疲れて立ち止まったその場所は、誰もいないプールの裏。

涙を乱暴に服で拭《ぬぐ》って、私は空を見た。

ああ。

秋の空って、こんなに綺麗《きれい》なんだ。

GAGAGA

ガガガ文庫

ミモザの告白2

八目 迷

発行　2022年1月23日　初版第1刷発行

発行人　鳥光 裕

編集人　星野博規

編集　濱田廣幸

発行所　株式会社小学館
〒101-8001 東京都千代田区一ツ橋2-3-1
[編集]03-3230-9343　[販売]03-5281-3556

カバー印刷　株式会社美松堂

印刷・製本　図書印刷株式会社

Printed in Japan　ISBN978-4-09-453047-6